夏の滴

JN088762

小室初江

幻冬舎
MC

目次

微睡《まどろみ》

「人の命の始まりは光る」

冬の日の午後、陽だまりの縁側で、天堂清彦《てんどうきよひこ》がぽつりとつぶやいた。

彼は愛用の虫眼鏡《ルーペ》を磨きながら、尊《たける》に目を向けて微笑んだ。

「人だけじゃない。あらゆる生物は、この世に命をもらった瞬間に光り輝くそうだ。まるで、打ち上げ花火みたいにね」

まだ幼い尊には、その言葉の意味がさっぱりわからなかった。

けれども、何も返事をしないと父を悲しませると思い、

「すごいね」

小声で言って、父の膝に小さな頭を横たえた。

そっと目を閉じる。

「人の命の始まりは光る。お前たちの命の始まりも、きっときれいな光に包まれたんだぞ」

微睡《まどろみ》ながら聴いた言葉は、青空に放たれたシャボン玉のように、ぼんやりとした意識の中をゆるやかに漂い、やがて、ほのかな香りを残して消えていった。

翠《みどり》色の光

夏の早朝の空気はスペアミントの香りをはらみ、どこまでも透明だ。

日課のランニングから戻った天堂尊は、息を弾ませながら石段を駆け上がり、素木《しらき》造りの鳥居の前に立った。

天堂神社。

そこは天堂家が代々宮司を受け継いでいる神社であり、居住の場でもある。

といっても、本殿と居住スペースは別である。家族が暮らす住居は、本殿から少し離れた陽当たりのよい場所にゆったりと佇《たたず》んでいる。

尊はいつものように一礼をして鳥居をくぐった。

とたんに空気が変わる。

それは、境内に林立する樹々が、陽《ひ》の光を遮《さえぎ》るからという理由だけではない。日陰の涼しさとは異質の、清浄な空気がこの場に満ちているのがわかる。

この神社の宮司を務める祖父の在悟《あきさと》はそれを「神気」だと言い、祖母の椛《もみじ》は「神の息吹《いぶき》」と言う。

中学校の理科教師の父、清彦は「樹々が放出するフィトンチッド」だと言い、書家の母、彩《いろは》は「精霊のエネルギー」と言う。

そして、尊の一番の理解者である大学二年生の兄、高空《たかあき》は「ただの錯覚」と笑う。

尊自身はここに満ちている清らかな空気を、樹々や草花や土や水が醸《かも》す濃密な「生命《いのち》の気配」だと感じていた。その言葉が自分には一番しっくりくる。

左右に丈高の樹々が立ち並ぶ境内を軽い足取りで歩く。

今日が夏休みの一日目だと思うと、気持ちがほどける。

これから、およそ四十日あまりは、規則や時間に束縛される窮屈な高校生活から離れられるのだ。それだけでも清々しい。そのうえ、部活という縛りもない。

じっくりと練習時間が取れる夏休みは、体育会系の部活にとっては、秋以降の戦力を培う重要な期間である。そのため、たいていの部では、いつも以上に厳しいトレーニングが課せられていた。

しかし、尊の所属する陸上部に関しては、それが当てはまらない。

その大きな要因は、部の采配を振るう顧問にある。

顧問の藤本静香《ふじもとしずか》先生は、今年の春に大学を卒業したばかりの新採用だ。

新採用といえば、その多くは二十代前半だろう。しかし、本人が公表している年齢は三十七歳。人生の辛酸を嫌というほど舐め尽くし、三十過ぎてやっと大学に入学できるだけの資金が調《ととの》ったのだという。

学生時代はずっと吹奏楽部に所属していたとのことで、体育の授業や体育祭以外での陸上競技の経験はゼロだと胸を張る。

それでも、練習には毎回顔を出す。

顔は出すが、指示は出さない。というより、出せないといった方が正しいだろう。

「今はど素人だけど、高速で指導力を身につけているから楽しみに待ってなさいね」

学校の図書室で借りてきたらしい「陸上競技上達法」と題した本を嬉しそうに掲げてみせる姿は、無垢な少女のようだ。

藤本先生が顧問になってからの部活動では、各々《おのおの》が自分で立てたメニューを自分のペースで淡々とこなしている。互いにアドバイスを交わし合うこともあるが、基本的には自分自身と向き合う時間が大半である。

土日の練習は自由参加のため、十八人いる部員が全員揃うということはほとんどない。いつも誰かしらが欠けている。いつの間にか、幽霊部員のようになった者もいる。しかし、それを咎《とが》める者は誰もいない。

そんな部だから、夏休みの練習は七月中の五日間だけ。しかも、午前八時から十時までの自由参加という緩さだ。

八月は校庭の改修工事が入っていることもあり、学校での練習はない。藤本先生いわく
「各自が自主練習をするのが宿題」とのことだ。

「砂生《さそう》先生がこの現状を見たら何と言うだろう」

部員たちは時々そんなことを口にする。

今年の三月まで陸上部の顧問をしていた砂生真《まこと》先生は、二十代後半の体育教師。大学

時代には日本学生陸上競技対校選手権大会、いわゆる日本インカレに出場し、四百メートル走で三位入賞を果たしたほどの強者《つわもの》だ。

当然、実業団からの誘いもあったというが「未来を担う若い世代を育てたい」という情熱のもと、高校の体育教師という道を選んだそうである。

熱血漢というほどの熱さはないが、一人ひとりの能力を見極める眼力と、必ず結果に結びつける的確な指導で部員たちから絶大な信頼を得ていた。

そんな砂生先生が、高校教師という職業だけでなく、日本という国も手放して海外に渡ったと聞かされたのは、今年の四月のこと。始業式が行われた体育館で、校長先生がさらりと告げたのだった。

砂生先生がどのような目的で日本を離れたのかという報告はなかったが、「先生のことだからきっと高い志があってのことだろう」と生徒たちは口々に言い合ったものだ。

力のある顧問が去り、経験不足の顧問が担当になると、多くの部はその秩序が崩壊する。やる気のある者が顧問に猛然と抗議をして、やる気のない者が平然とさぼりだす。そんな構図が一般的だろう。

尊が所属している部にも多少はその兆候が見られたのだか、幸いなことに大崩れはしなかった。

それは、新しく顧問になったのが、藤本先生だったからではないか。

尊は藤本先生が初めて陸上部に顔を出した日のことを今でも鮮明に覚えていた。

「自分を信じて、自分の走りを愉《たの》しんでください」

先生はそう言って、自分の前に並ぶ部員たちを見回した。

「ありきたりの言葉ですが、本当の意味でそれができる人は少ない。それができる人になるために、心から信じられる自分を作り上げてください」

言い終わると会釈をして、今ではすっかり定位置になっている楓の樹の下のベンチに腰をおろしたのだった。

砂生先生と藤本先生では陸上競技に関する技術や知識に大きな差があることは歴然としていた。けれども、一人の教育者として生徒に向き合う姿勢において、二人は同等であるということを尊は充分に理解していた。

それをあえて口に出す者はいないが、おそらく他の部員たちも自分と同じような認識をもっているのだろう。だからこそ、陸上部は多大な緩みを維持しつつ、今もこうして平和に存続していられるのだ。

尊のクラス担任でもある藤本先生は、国語科の教師である。

どちらかというと地味で目立たない容姿であるにもかかわらず、そこにいるだけで場の空気を華やかにする不思議な魅力がある。実年齢は三十七歳であっても、童顔のためか二十代後半に見える。しかも、独身だ。

だからというわけではないだろうが、部員たちの評判は悪くない。

部長の林翔汰《はやししょうた》などは、

「まったくよぉ、あいつが顧問になってから、記録《タイム》がちっとも上がらんわ」

などと悪態をつきながらも、藤本先生が校庭に姿を見せると、急に張り切り出す。

「出てきてもほとんど役に立たんけどな」

と言いながらも、すかさず楓の樹の下にダッシュして、先生がいつも座るベンチが日陰になるように位置を調整したりする。

尊もまた、藤本先生が練習に出てくると気合が入る。陸上のことはわからなくても、先生がそこにいて、ただ見ていてくれるだけで、なぜか守られているような気持ちになるのだ。

長距離走の選手である尊はトラックを走りながら、時々、藤本先生に視線を投げる。

先生はいつもベンチから静かに練習を見守っている。

そのまなざしは、どこまでもやさしい。

母親がわが子を慈《いつく》しむような、そんなあたたかさがあふれている。

でも、それだけではないのだ。

藤本先生は、時折、ぼんやりと空を見上げていることがある。

尊には、その横顔が深い悲しみを湛《たた》えているように見える。

こぼれ落ちそうになる涙をこらえているようにも見える。

実際に一度だけ、空を見上げていた先生の頬を涙が伝うのを見たことがあった。

もっとも、トラックを走りながら瞬間的に捉《とら》えた光景だ。

錯覚かもしれない。

けれども、とてもリアリティのある光景だった。

だから、今でも胸を離れない。


「そういえば、確かあの頃だったな……」

尊は数ヵ月前の部活動中のことを思い出してつぶやいた。

あれは、ゴールデンウィーク明けの土曜日の午後のことだ。

空はからりと晴れ渡り、校庭を吹き抜ける風が心地よい日だった。

いつものようにアップを終えて、部員たちとトラックを流しているときに、

「おい、尊、見てみろよ」

隣を走っていた渡瀬陽太《わたせようた》が言った。

短距離走を得意とする陽太は尊の幼なじみであり、陸上部のホープだ。

裏表のないおおらかな人柄で、場の空気を盛りあげる能力に長《た》けていた。周囲の者からは「お調子者」などと言われていたが、尊が知っている陽太は、芯がしっかりしていて頼りになる男だ。

「何を？」

「あそこだよ」

陽太は藤本先生が座っているベンチの後方に目配せをした。

ベンチの後方には、校庭をぐるりと囲む金網がめぐらされていた。その金網に張り付くように立って、こちらを見ている若い男がいる。

長身で痩身。美形。肌は健やかに焼けている。

おそらく制服なのだろう。紺青《こんじょう》のブレザーにダークグレーのスラックス。白いワイシャツの胸元にはワインレッドを基調としたレジメンタルのネクタイ。

「この辺りの制服じゃないよな」

「そうだな」

「あいつ、尊の知り合いじゃないのか？」

「俺の？　どうして？」

「さっきからずっとお前のことを見ている」

「俺限定じゃなくて、みんなを見てるんだろう。今は全員で走ってるんだから」

「いや、あいつは尊の走りを見てるんだ。俺の動体視力をなめんなよ」

陽太が真顔で言った。

尊は走りながら上体をひねって、男の姿を視界に捉えた。

その容貌に見覚えはない。

けれど、彼が陸上競技をやっていることが本能的にわかった。

種目はおそらく自分と同じ長距離。制服に包まれた体躯は、鍛え上げられたしなやかな筋肉を纏《まと》っていることだろう。

もちろん根拠などない。

ただ、彼が醸す陸上競技者特有の緻密で端正なエネルギーが伝わってきたのだ。

彼は、コンマ一秒という時間の長さを体で知っている者にしか出せない、研ぎ澄まされた空気感を放っていた。

そのままトラックを駆け抜け、彼を正面に捉えたときに、目が合った。

瞬間、胸の奥で何かが弾けた。

決して不快な感覚ではない。

むしろ体の芯が痺れるような心地よさに包まれた。

それは、これまでに味わったことのない不思議な感覚だった。

尊はそれきり彼と視線を合わせることはなかったが、常に視界の端にその存在を捉えながらトレーニングを続けた。

男は陽が傾くまで、そこにいた。

時々、藤本先生が話しかけている様子だったが、迷惑そうな素振りも見せずに、じっと練習を見続けていた。

「そろそろ上がりましょう」

午後六時を少し回った頃、藤本先生の声が響いた。

気がつくと、男の姿は消えていた。

「先生、さっきのイケメンは誰ですか?」

帰り際に陽太が訊《き》いた。

「名前は聞いてないけど、高校二年生だそうよ」

「どこの高校ですか？　この辺りでは見かけない制服でしたよ」

「どこの高校かしらね。聞き忘れたわ」

「確かに、あんなに上品な制服はこの辺りでは見たことがないな」

翔汰が口をはさむ。

「詳しい事情は聞かなかったけど、彼は陸上選手だと言っていたわ。長距離の」

言いながら、藤本先生は尊に目を向けた。

「天堂くんの走りをすごく褒めていたのよ」

「俺の走りを？」

思いがけず自分の名前が出て、尊は目を瞠《みは》った。

「『今まで見た誰よりもしなやかでタフな走り』ですって」

「そんなカッコいい走りはしてませんでしたよ。ただ流していただけです」

謙遜しながらも、自分の走りを認められた喜びがこみ上げてくる。たとえそれが見ず知らずの人間であっても、素直に嬉しい。

「確かに、尊のフォームは完璧だよな」

翔汰が言うと、

「フォームだけじゃなくて、スピードもな」

陽太が加勢した。

「やめろよ。俺は褒められるより、貶《けな》されて伸びるタイプだ」

尊の頬が染まる。

「彼はあなたの走る姿を見て、『もう一度走りたくなった』と言っていたわ」

「今は走れてないのかな。故障かなんかで……」

陽太の言葉に、

「もしかしたら、そうかもしれないわね」

藤本先生が同調した。

「どんな走りをするんだろう……」

尊は男が立っていた場所に目を向けてつぶやいた。

いつかまた彼に会えるような、そんな気がした。


尊はもう一度深呼吸をして、目を閉じた。

蝉時雨。

梢を渡る風のささやき。

それに応えるように囀《さえず》る小鳥たちの声が耳にやさしい。

彼は満足そうにうなずくと、境内にあるベンチに腰をおろした。

ベンチの前には、澄んだ水をたたえた池が広がっている。

勾玉《まがたま》の形をしたその池は、在悟の祖父がまだ子どもの頃に一晩でできたということだ。それから、百三十年余りの時が流れたが、どんなに日照りが続いても一度も干上がったことがないのだという。

「この池は龍神様が喉を潤す場なのだ」

在悟は時々、尊にそう言った。

その言葉を聞くと、なぜか尊の心はざわめいた。

怖れと哀しみが入り混じったような不穏な感情が、喉元までせり上がってくる。

その理由が何なのか、わかりそうでわからない。何か大事なことを忘れているような心もとなさが、いつもつきまとう。

尊は池の水面に視線を投げた。

水の透明度が高いため、水草の繁茂する水底《みなそこ》が透けて見える。

周囲の樹々を映した池の水面には木漏れ日が散り、澄んだ水を淡く光らせる。

そこに棲《す》む色とりどりの緋鯉たちが尾を翻《ひるがえ》すたびに、水面がしなやかに揺らぐ。

滑《すべ》らかな朝風が樹々の枝をしならせ、光を配した水面の様相が万華鏡のように刻刻と変わる。

尊はしばしその様子に見入ったのち、風の行く方を確かめるかのように、上空を仰いだ。

頭の芯が揺らぐような、軽い眩暈《めまい》を覚える。

「あの光は何なのだろう」

天に訊くようにつぶやいた。

「今朝も自分を包み込んだあの光……」

尊は時々、不思議な夢を見る。

その夢を見るのは、決まって明け方。

いつも同じ内容の夢だ。

まだ幼い自分が、真っ直ぐに続く一本道を一人きりで走っている夢。

今にも雨が落ちてきそうな曇天。

人の気配も草木もない荒涼としたモノクロームの景色。

その中を不安な気持ちを抱えながら走り続けている。

一足ごとに不安感が高まり、いよいよ立ち止まろうとすると、必ず隣に彼が現れる。

自分と同じくらいの年格好の少年が、走りながら手をさしのべてくる。

その手を掴《つか》んだ瞬間、尊はいつも翠《みどり》色に輝くまばゆい光に包まれるのだ。

とたんに、空は晴れ渡り、陽《ひ》の光が体を包み込む。

荒涼としたモノクロームの世界に草木が茂り、色とりどりの花々が次々と開き始める。

小鳥が空を行き交い、前方の丘では馬たちが草を食む。

それまで自分を支配していた重苦しい不安が消え失せ、尊は心から愉しいと思いながら、声を上げて笑う。

次の瞬間、二人は手を取り合いながら、さざ波が打ち寄せる夕暮れの砂浜を走っている。

そして、その次の瞬間には、満天の星が瞬《またた》く草原を駆け抜ける。

全身から迸《ほとばし》るエネルギー。そこにある絶対的な安心感と、揺るぎない幸福感。

その感覚はあまりに鮮烈で、夢から覚めても心地よい余韻を残す。

「でも、今朝の夢は、いつもと違ってた……」

尊は池の水面に視線を移してつぶやいた。

目を閉じて、数時間前に見た夢を思い返す。


夢の中の自分はいつものような幼い子どもではなかった。

高校生の自分が、誰かの背を追いかけて走っていた。

前方をゆくのは若く躍動感あふれるランナー。

走っていたのは、どこかの街の大通り。

煉瓦《れんが》色の歩道。

彼は軽やかにストライドを刻む。

ライムグリーンのシャツに紺青のハーフパンツ姿が街の景色に映える。

速い。

走っても走っても彼に追いつけない。

彼は大きな橋を渡り、公園に足を踏み入れた。

数秒遅れて、後に続く。
鼓膜をくすぐる熊蝉たちの声。
樹々が生み出すやさしい風が、汗ばんだ素肌を撫でる。
前方の青空を一筋の飛行機雲がぐんぐん伸びていく。
突然、視界が開けて、池が現れた。
池には緩やかに湾曲した細い橋が架かっていた。
彼はすでに橋を渡り終えようとしている。
その後ろ姿に、気がはやる。
焦りが体をこわばらせる。
橋に足を踏み出した瞬間に、体のバランスを崩して転倒してしまった。
次の瞬間、背中に不自然な重みを感じた。
彼は足を止めて振り返り、小走りで近づいてきた。
「大丈夫か？」
そっと、手をさしのべる。
「大丈夫です」
その手をしっかりと掴んだ。
瞬間、まるで打ち上げ花火のように、あの翠色の光が視界を覆ったのだ。

あのとき見上げた彼の顔を、思い出すことができない。

けれども、彼と繋がった右手の感触を鮮明に覚えていた。

骨格がしっかりしていて、力強い手だった。

あたたかくて、包容力のある手だった。

尊は右手を開いて、そこに、自分の左手を重ねて、そっと握りしめた。

「……同じだ」

思わず声がこぼれた。

夢の中で掴んだ青年の手の感触が、自分の手の感触とまったく同じなのだ。

「あれは、もう一人の俺なのか？」

尊は池の水面に視線を泳がせてつぶやいた。

予言

「帰ってきてたのね」

母の彩が尊の隣に腰をおろした。

書家の彩が纏う墨の香りが拡がる。

「少し前に」

尊は池を見つめたまま応《こた》えた。

「この場所が好きね」

「落ち着くんだ」

「私もここが好き。大楠《おおくす》様のおかげで、夏でも涼しくて最高だわ」

彩は後方を振り返り、注連縄《しめなわ》のかけられた楠《くすのき》の幹に手をのばして、そっと撫でた。

樫、紅葉、楓、柊、松、金木犀、柘植……。境内には多くの樹々が自生していたが、中でもベンチを覆うように佇む楠は、枝ぶりも見事で、夏場は格好の日陰になる。まさに御神木と呼ぶにふさわしい威厳に満ちた姿である。

「この木は龍神様の通り道よ」

彩が楠を見上げて言った。

「じいちゃんも同じようなことを言っていたよ」

「天堂家の者は誰でも知っていることよ」

「知ってはいるけど、実際に見たことはないな」

「あるのよ。ただ忘れているだけで」

彩の目が尊に向けられる。

「……忘れているだけ？」

尊は池に視線を放ったまま、龍神様の記憶を辿《たど》り始めた。

中学生時代、小学生時代、幼稚園の頃……。記憶を遡っても、龍神様の姿は見えてはこない。

記憶の中に龍神様がいないことなど、些細なことのはずだった。

しかし、冷静な面持ちとは裏腹に、尊の鼓動は波打ち、手の平に汗が滲《にじ》んできた。

「ところで、今日は何の日？」

彩が訊く。

「今日は、七月二十一日。誕生日だ。俺の、十七歳の」

「そう。尊と」

「『尊と』って？　この家で七月二十一日に生まれたのは、俺だけだよ」

訝《いぶか》しそうな視線を送る尊に、

「涼《りょう》よ」

彩がさらりと告げた。

「涼？　誰だよ、それ？」

どうしてだろう。

その名を口にしたとたん、心臓が跳ねた。

「尊の魂の片割れ」

「魂の片割れって？」

「尊と涼は双子よ」

「……双子？」

「涼が兄で、尊は弟」

初耳だ。

まったく真実味がない。

それなのに、尊は体の奥深くに激しい揺らぎを自覚した。

「冗談はやめてくれよ。俺に双子の兄なんていないじゃないか。俺の兄さんは一人だけだ」

尊は高空の顔を思い浮かべながら反論した。

「こんな重大なことを冗談で言う親がいると思う？　しかも、誕生日に」

彩の眼差しは凜とした強い光を放っている。

その真剣な表情に圧倒されて、黙り込む。

自分に涼という双子の兄がいる？

そんなバカな……。

現に家族の中にそんな人物などいないではないか。

何より、自分の記憶の中に涼という存在はいない。

でも……。

胸が苦しい。

波打つ鼓動を鎮めるように、胸に手を当てる。

突然、上空で風がうなり、楠の枝がざわざわとざわめいた。

「あのときと、同じ風」

彩が楠の梢を見上げた。

「あのとき？」

「涼が神隠しに遭《あ》った日」

「……神隠し」

小声でつぶやく。

言葉にしただけで、得体のしれない恐怖がこみ上げてきて、寒くもないのに、体が小刻みに震え始めた。

こめかみを伝う冷たい汗がひと滴《しずく》、地面に落ちた。

「あれは二人の五歳の誕生日だったわ。あなたたちはこの池の近くで遊んでいて、私は少し離れた場所で床の間に飾る花を摘んでいたのよ。確か千日紅《せんにちこう》だったわね」

彩は尊に目を向けて言葉を続けた。

「不思議な気配を感じて池に目を向けると、水面から青龍が現れて、大楠様を伝って天に昇って行ったの。池を振り返ってみたら、涼が姿を消していた。尊は泣きながら、涼の名前を何度も叫んでいたわ」

彩は池に視線を滑らせて、

「五歳の誕生日に二人はここで離ればなれになったの。一人は姿を消し、残った一人は、その後、原因不明の高熱を出して数日間眠り続け、目覚めたときにはそれまでの記憶を失くしていたのよ」

これもまた、初めて耳にする話だ。

そのときの記憶がないせいか、まるで絵空事のように聞こえる。

でも、それで長年の疑問が一つ解決した。

「それで、俺には幼い頃の思い出が少ないのか」

独り言のようにつぶやいた。

尊が覚えている一番古い思い出は、幼稚園の夏休みに両親や兄と海に行ったことだった。

南国の島に船で渡り、人気のないビーチで兄の高空と遊んだ。

父と母はヤシの木陰で微笑みながらこちらを眺めていた。

幸せな記憶だ。

「涼がいなくなったときに、おじいちゃんは『神隠し』だと言ったの。神隠しに遭ったことに理由があるとすれば、その理由も含めてそれが涼の運命なのだと。戻ることが運命づけられているのなら、いずれ戻ってくるはずだと」

水面を見つめていた彩は、何かを探すように視線を泳がせた。

「あらゆる手立てを尽くしても涼は戻らず、いくつもの病院に行ったけれど、尊の記憶も戻らなかったわ。私は心も体も疲れ果てて、生きる気力をなくしてしまった。食事が喉を通らず、夜も眠れずの日々で十キロ近くも体重が落ちてしまってね。起きていることより、横になっていることの方が多くなったわ。家事も満足にできなくなってしまったのよ」

水面で躍る陽光が、彩の艶のいい頬を明るく染める。

尊は彩が寝込んでいた頃のことをおぼろげながら覚えていた。

子ども心にも、母はこのまま死んでしまうのではないかと案じたものだった。

ただ、母が寝込んでいる理由が、涼を失ったことや自分の記憶が戻らないことが原因であったことはまったく知らなかった。

これまで、尊の前で家族の誰かが涼の名前を口にしたことは一度もなかったからだ。

「今の話が本当だったとしたら、どうして今まで黙っていたの？　母さんだけじゃない。家族の誰もが俺に、涼って人の話をしなかった」

「話さなかったのはお前を守るためよ」

「守るため？」

「実は熱が下がったあとに、涼のことを何度となく話してみたのよ。記憶が戻るきっかけになるんじゃないかと思って。ところが、涼の名前を出すたびに、大粒の涙を流しながら、声を殺して泣き続けるの。涼の記憶がないにもかかわらず……。そのあと、必ず高熱を出してね。だから、家族で話し合って、自然に思い出すまでは涼の名前を口にするのはやめようと決めたのよ」

「……そうだったのか」

家族間の出来事は何でも知っているつもりでいたけれど、実は一番重要な事実を自分だけが知らずにいたのか。

尊は梢を見上げて、軽く息を吐いた。

いつの間にか鼓動が鎮まっている。

両手を天に翳《かざ》して、目を閉じた。

瞼の裏のスクリーンで淡い光が揺れている。

風が梢を渡って行くのが目を閉じていてもわかる。

風向きが変わったのだろうか。突然、強い光を感じて、尊は目をきつく閉じた。

「時々、夢の中に光が現れるんだ」

尊は目を閉じたまま言った。

「どんな光？」

「明るく輝く翠色の光」

「どんな夢なの？」

「いつも同じ夢なんだ。夢の中の自分はまだ幼くて、知らない道を一人で走っている。心細くなって立ち止まろうとすると、必ず自分と同じ位の年格好をした子どもが現れるんだ。その子と手を繋いだ瞬間、光に包まれる。今朝も見た。今朝の夢は、いつもと違ってどちらも今の年格好だった。相手が俺の手を掴んだ瞬間に、翠色の光に包まれた」

彩は何も言わない。

聞こえてくるのは、風の音、小鳥の囀り。微かに届く街の喧騒。

どうしたことか、先ほどまで境内に降り注いでいた蝉たちの声は聞こえない。

尊は、ふと、彩が消えてしまったのではないかと不安になって、目を開けた。

彩は池の水面をぼんやりと見つめている。しばしの沈黙の後に、

「人の命の始まりは光る」

静かに言った。

「……どういうこと？」

「あらゆる生物は受精の瞬間に光を放つらしいわ。まるで、打ち上げ花火のようにね」

そんな話をどこかで聞いたことがあるような気がする。

でも、それがいつなのか、誰が言っていたのかを思い出せない。

「アメリカのノースウェスタン大学が二〇一四年の十二月に、マウスの受精の瞬間の撮影に成功したのよ。その後、人が受精した瞬間も光るということがわかったそうよ。どちらの映像もインターネットで見ることができるわ」

「どうしてそんなことを知ってるの？」

「以前、お父さんが言ってたのよ」

言いながら彩はスラックスのポケットからスマートフォンを取り出した。

「人の卵子は受精の瞬間に精子の酵素によって活性化されて、爆発的な亜鉛の火花を発生させるとか。その現象は、卵子が胚《はい》を健康に成長させるために起きているらしいわ」

スマートフォンに視線を落としながら言う。

「尊が夢の中で見ている光は、受精の瞬間の記憶かもしれない。双子の場合はその光を双方が同時に感じているってこと。もしかしたら、涼も同じような夢を見ているかもしれないわね」

「受精卵の状態では、まだ何かを感じることなんてできないよ」

「細胞に記憶する能力がないって証明できる？」

「え？」

「記憶をするのは脳だけじゃないのよ。細胞の一つひとつにあるＤＮＡも膨大なデーターを記憶しているそうよ。そう考えたら、受精卵のときの記憶が魂に刻まれていると考えてもおかしくないわ」

彩がスマートフォンの上で指を滑らせる。

「あった！」

笑みを浮かべて、尊にスマートフォンをさし出す。

尊は開かれた動画を見て、息を止めた。

「この光だ。いつも夢で見るのと同じ光だよ」

思わず声を上げる。

「だとしたら、夢の中で一緒に走っているのは涼だわね」

彩が静かに言った。

「実際に涼に逢ったときにも、光が見えるかもしれない。二人が繋がったときに」

「繋がったとき？」

「例えば、握手をしたとき。それから、ハグをしたときとか」

彩はひと時、言葉を止めて、

「その光が、魂の片割れを見極める唯一無二の手段になるかもしれないわね」

かみしめるように言ったあと、

「そういえば、この話にまつわる不思議なことがあるのよ」

尊に目を向けた。

「お父さんが初めて私に『受精卵が光る』という話をしてくれたのは、ノースウェスタン大学の発表よりもずっと前だったの。確か、尊がまだ幼稚園に通っていた頃だから」

「父さんはどうしてそんなことを知っていたの？」

「お父さんは寝ているときに、時々未来に旅をするらしいわ。この秘密を知っているのは、家族で私だけよ」

「寝ているときに未来に旅をしているとかじゃなくて、単なる夢なんじゃないの？」

「だとしたら、予知夢ってことでしょう。お父さんの言うことが何度も現実になっているのよ」

「それはそれで、すごいな。いつからそんなことができるようになったんだろう？」

「天堂家に婿入りしてからだそうよ」

「神様の仕業《しわざ》か」

「神様からの贈り物《ギフト》よ」

彩が口元をほころばせる。

「お父さんによると、尊は十七歳の誕生日に失っていた涼の記憶を取り戻すそうよ」

「つまり、今日ってこと？」

「そして、間もなく、涼と再会すると……」

「それも、父さんの予知夢？」

「それが現実になって初めて、予知夢と認定されるわね」

彩の目が尊の横顔に向けられる。

「私が今日、涼の話をしたのは、記憶が戻る手助けになればいいと思ったからよ」

「今のところ、その手助けは効果を発揮していないな」

尊は水面に視線を泳がせながら言った。

胸の奥に微かな疼《うず》きを感じるのは、気のせいだろうか。

それとも、記憶が戻る予兆なのか。

「そうだ、誕生日プレゼントなんだけど、『一軒家』というのはどう？　期間限定で」

彩が朗らかな声で話題を変えた。

「どこの一軒家？」

「三重県」

「三重県？」

「伊勢市よ」

彩の唇が笑みをたたえる。

「実は、伊勢の姉さんが、ひと夏家を空けるらしいのよ。人が住んでいないと家が傷むし、庭の手入れや池で飼っている金魚の世話も心配みたいで」

「伯母さん、どこかへ出かけるの？」

「次作に向けての取材で、高千穂《たかちほ》に一ヵ月ほど滞在するらしいわ」

彩の姉である天堂和《のどか》は、全国的にも名の通った小説家だ。「真田和《さなだのどか》」の名で三十代前半にデビューして以来、およそ一年に一冊のペースで新作を発表している。

読書家でもある尊は、新作が出るたびに和から送られてくる小説を楽しみにしていた。

彼女の小説の大半はミステリーだったが、事件の解決にはたいてい目に見えぬ存在の助けがあった。場面設定も、伊勢や熊野、出雲や戸隠などいかにも神様の助けが得られそうな場所が多い。

その作風は、「現実世界を描き、論理的証拠によって事件を解決するのがミステリーである」という固定観念をもつ人間たちからは、しばしば酷評を受けることもあるようだ。しかし、和はそんな評価など意に介さず「事件の論理的解決の裏には、必ず神の采配が働いているもの」と言って平然としている。

最近では、自分の小説のジャンルを「ミステリー」ではなく「神様小説」と公言しているらしい。

独身で身軽なことも影響しているのか、思い立ったら即行動の人で、七年ほど前、取材で訪れた伊勢をすっかり気に入り、そのまま物件を探して住み着いてしまったという。

彼女がもともと住んでいた横浜の洋館は、今でも別荘として残してあり、天堂家の親族は自由に出入りしてよいことになっている。もちろん尊の家にも和から送られてきた洋館の合鍵がある。

「一昨日の夜、姉さんから電話があったのよ。『尊に来てもらえないか』って」

「いいよ。夏休みはどうせ部活もほとんどないし」

「本当に？　姉さん喜ぶわ。いつ頃から行けそう？」

「夏休み最後の部活が七月二十七日だから、早くてその日の午後にはここを出られるかな」

「姉さんに伝えておくわ」

「友達も誘っていいかな？」

「大丈夫よ。陽太くんを誘うの？」

「そうだよ」

「相変わらず仲がいいのね」

「まあね」

陽太がこの街に越してきたのは、小学校四年生の春だった。

尊はどちらかというと内向的で、初対面の人と打ち解けるのに時間がかかるタイプだ。ところが、転校初日から隣の席になった陽太には、不思議と心を許すことができた。

陽太の天真爛漫さとおおらかさ、そして何より、翳《かげ》りのない明るさが、尊を安心させた。

「彼が一緒なら安心だわ」

「まだ、決まったわけじゃないさ。今日の夕方、陽太と会うからそのときに訊いてみるよ」

「一緒に出かけるの？」

「川原で花火をする約束なんだ」

「高校生の男子が二人で花火？」

「部屋に閉じこもって、無言でゲームをするよりずっと健全だろ」

「確かにねぇ」

「夕べ陽太のお父さんが酔っぱらった勢いで、花火を大量に買ってきたらしいんだ」

「あの愉快なお父さんなら、いかにもやりそうなことだわ」

彩が眦《まなじり》を下げる。

「花火で盛り上がっている頃には、失くした記憶が戻っているかもしれないわね」

ふいに、二人の前を羽黒蜻蛉《はぐろとんぼ》が二匹横切った。

「あの蜻蛉は『神様の使い』って……」

言いかけて、尊は眉間に手を当てて目を閉じた。

忘れていた何かを思い出しそうな、不穏な疼きが尊の思考回路を混乱させた。

時を同じくして、楠の梢で油蝉が数匹、声を揃えて鳴き始めた。梢から降り注ぐ蝉時雨は、夕立のような激しさで樹々を渡り、瞬く間に境内一面に拡がった。

それは、耳鳴りのような煩《わずら》わしさを伴って、尊の思考回路をいっそう混乱させた。

「あの蜻蛉も双子かもしれないわね」

彩は二匹の羽黒蜻蛉を目で追いながらつぶやいた。

その直後、ふいに上空で風がうなった。

龍雲

水辺を渡ってくる夕風が、汗ばんだ素肌をやさしく撫でる。

尊と陽太は花火をする場所を探しながら、川辺の土手を歩いていた。

見晴らしのよいこの土手までは、三十分余り自転車を走らせて来た。土手の片側には桜並木が続いており、どの樹ものびやかに枝を広げている。

二キロメートルほど続く桜並木は、春先になると格好の花見スポットになる。尊も幼い頃は家族揃って何度となくここを訪れたものだ。

桜の季節が過ぎても、朝夕は散歩を愉しむ人が多い。そんな人たちの邪魔にならないように、二人は乗ってきた自転車を土手の入り口付近に並べて停《と》めておいたのだった。

「夏休みなんだけど、伊勢に行かないか？」

思い出したように、尊が口を開いた。

「伯母が一ヵ月ほど家を空けるらしくて、留守番をたのまれたんだ」

「伊勢海老を食わしてくれるなら、行ってやってもいいぞ」

陽太が頬を緩ませる。

「伊勢は俺が幼少期を過ごした場所だからな」

微笑みながら尊に目を向けた。

右側の頬にできた笑窪《えくぼ》が端正な面差しに華やぎを添える。

「そうなのか？　知らなかったよ」

「初めて会ったときに言ったはずだぜ」

「初めて会ったとき？」

「小学生の頃だよ。転校初日の挨拶で」

「あのときは、ものまねのインパクトがすご過ぎて、他のことは何も覚えてないわ」

「ものまねなんかしたかなぁ」

「してただろう。『千手観音《せんじゅかんのん》』のものまねだよ。上半身裸になって、両手を盛大にヒラヒラさせていたことを忘れたのか」

「実は、鮮明に覚えてる」

陽太が笑みを浮かべた。

「初めて来た学校で、裸になるというのが常人の域を超えていた」

「体が一番『千手観音』に似ているから、そこを見せなければ、ものまねとして不完全だったんだよ」

「プロ意識の高いやつだ」

「妥協していたらプロとして失格だからな」

陽太は自分を飾らない。

誰に対しても態度を変えることがない。

言いたいことを、言いたいときに言う。

人に気を遣ったりしないし、とりたててやさしくもない。

むしろ、冷たい人間なのではないかと思われる言動が多々ある。中学生のときに尊が野良犬に足を噛みつかれたときも、心配するそぶりは微塵も見せず、ひたすら面白そうに笑っていたくらいだ。

それでいいのだと尊は思う。

生きていると、さまざまな出来事に遭遇する。

幸不幸、悲喜こもごもだ。

そんな中には、そばにいる人が笑ってくれた方が救われることが多々あるものだ。

陽太といると、尊はいつだって気が晴れる。互いに話していてもいなくても、ただそばにいるだけで心がほどける。

屈託のない軽さの向こう側に隠された、価値ある何か。

それが、尊の心に心地よい安らぎをくれるのだ。

「俺は、この街に来る前は伊勢市に住んでいたんだ」

改めて陽太が言った。

「内宮《ないくう》の近く、五十鈴《いすず》川沿いの豪邸にな」

「内宮って？」

「かの有名な伊勢神宮のことだよ」

とはいえ、伊勢神宮は一つの神社を指すのではない。日本最高位の神である天照大御《あまてらすおおみ》神《かみ》を祀《まつ》る皇大神宮《こうたいじんぐう》（内宮）と、衣食住、および産業の守り神である豊受大御神《とようけのおおみかみ》を祀る豊《とよ》受大神宮《うけだいじんぐう》（外宮《げくう》）を中心として、三重県内に分布する百二十五の神社の総称が伊勢神宮と呼ばれているのである。

「だとしたら、伯母さんの家の近くじゃないかな」

以前、彩からそんなことを聞いたことがあるような気がする。

「俺はいずれ向こうに帰って、神様のために働きたいと思ってるんだ」

「神様のため？」

「神職だよ」

「ここは、つっこむ場面か？『普段のお前の言動から見えてくるのは、お笑い芸人だろ』とかなんとか」

「普段の俺の言動の大半はサービス精神の表れだ。場の雰囲気は暗いより明るい方がいいだろうが」

「まあな」

「言動はその人間を表すほんの一部でしかないさ。人間の懐《ふところ》はもっと深いんだ。その深みに、誰もが神を宿している。そして、時々、自分の中の神様を発動させるんだ」

「陽太がそんな思想をもっていたとは知らなかったよ」

「思想ってほど大げさなものじゃない。俺にとっては、ごく当たり前のことなんだ。伊勢に暮らすと、神様はとても近い存在になる。その息吹を肌で感じるほどに」

陽太は尊に目を向けて、

「それにしても、久しぶりに伊勢に行けると思うと嬉しいよ。今年は最高の夏休みになりそうだな」

穏やかに微笑んだ。


「尊と涼は双子よ」


ふいに、彩の言葉が耳元をかすめた。

自分には、双子として生を成した兄がいる。

その兄は十二年前の今日、神隠しに遭ってどこかへ消えてしまったのだ。

もしも、彼が生きていたとしたら、自分や陽太と同じ十七歳だ。

涼は十七歳の夏をどんなふうに過ごすのだろう。

「どうかしたのか?」

尊の表情のわずかな翳りを、陽太がすくい取る。

「なんでもないよ」

尊は天に目を向けて足を止めた。

「きれいだ」

思わず言葉がこぼれた。

夕日が今まさに、黄金《きん》色の光を放ち、前方の山の端に沈もうとしていた。

空には濃い紫色の雲が拡がり、天頂近くには緋《ひ》色に光る雲がいくつも浮かんでいる。

「おー。すげーなあ」

陽太も立ち止まり、天を仰いだ。

天の様相は刻刻とその彩《いろどり》を変えていく。

やがて、天頂付近に散っていた緋色の雲たちが、まるで意志をもつもののようにゆっくりと一点に集まってきた。

川辺の土手に、にわかに強い風が起こる。

尊と陽太は天空で繰り広げられる光景を、息を殺して見守った。

一点に集まった緋色の雲は横に長く伸び、太陽が沈んでいった山側がほっそりと整い、その真ん中付近に二つの目のように黒みがかった雲が配された。

横に長く伸びた雲の中央部分には、折り曲げた細い前足と伸ばした後ろ足。

そして、それに続くように長い尾が拡がっていた。

「おい、見てみろ。あの雲の形を！」

陽太が天を指さす。

「見てるよ」

尊は放心したように答えた。

天に現れた緋色の大龍は、黒い眼で尊と陽太をじっと見下《みお》ろしていた。

「……龍神様だ」

陽太が厳《おごそ》かに言った。

「龍神様は神様の使いと言われているんだ。神様同士の連絡を取りもったり、神様の意志を人に伝えることもあるらしい」

「眷属神《けんぞくしん》だね。人智を超える力をもつ、神の使者。龍の他にも、狐や蛇なんかがそれに含まれるらしいな」

尊の声がかすれる。

「よく知ってるじゃないか」

「一応、神社の息子だからね。幼い頃から、じいちゃんからいろいろ仕込まれているんだ。お前こそ、よく知ってるじゃないか」

尊が陽太の横顔に声をかける。

「神居ます街に暮らす者の常識さ」

「なるほどな」

「それにしても、どうして、今ここに龍神様が現れたんだろうな。龍神様は普段はエネルギー体として存在しているはずなんだ。それが、こんなにリアルに姿を見せるなんて」

陽太は天を仰いで目を細めた。

尊も宙《そら》を見上げて、緋色に輝く龍の姿を見つめた。

夕空にたなびく長い尾、翼を携《たずさ》えたようにも見える背中、空《くう》を掴むように曲げられた前足へと視線を移す。

尊の目が、龍の眼を捉えたそのとき、体が浮遊感に包まれた。

「どうした、尊。顔色が悪いぞ」

「ちょっと、目眩が……」

尊は眉間を押さえて目を閉じた。

得体のしれない恐怖がこみ上げてくる。

「貧血かもしれないな」

陽太が尊の顔をのぞき込む。

「大丈夫だ。少し休めばよくなる」

尊は夏草が茂る土手の斜面に座り込んだ。そのまま、体を後ろに倒す。

「俺もたまに貧血を起こすことがある。イケメンというのは多少ヤワな方がモテるんだ」

陽太が尊の隣に腰をおろした。

「モテるために貧血を起こしているみたいな言い方だな」

「決まってるだろ。男たるものモテてなんぼだからな。でも、学校にいるのは男ばっかり」

陽太は笑いながら尊に目を向けた。

「本当は斜面じゃなくて平らな場所で横になった方がいいんだぞ。頭に血が回るから」

「ここで大丈夫だ。横になったら少し落ち着いてきたよ」

「せめて、これに足を乗せろよ」

陽太は大量の花火が入ったビニール袋を尊のふくらはぎの下に入れた。

「親父の無駄遣いが少しは役に立ったな」

「申し訳ない」

「気にするな。よくなるまで寝てろよ」

「ありがとう」

尊は目を細めて、天を見た。

さっきまでそこにあった龍雲は跡形もなく消え、薄紫の空にうっすらと弓張り月が浮かんでいる。その右隣には、星が一つ。月に寄り添うようにやさしい光を灯《とも》している。

「あの星は木星だな」

天体に詳しい陽太が小声で言った。

ふいに、視界を黒いものが横切った。

「神様蜻蛉だ」

隣で陽太がつぶやいた。

「……神様蜻蛉」

尊は小声で、その声をなぞった。

とたんに、意識が不明瞭になり、尊は気絶するように深い眠りに落ちた。

蝉時雨が降り注ぐ境内。

勾玉の形の池をのぞき込む。

水面に映る自分の顔が幼い。

池には色とりどりの緋鯉たちが悠然と泳いでいる。

左隣には夢でよく逢う、あの少年がいた。

同じく、池をのぞき込んでいる。

境内を渡る風が大楠の枝を揺らし、陽《ひ》の光がさらさらと水面にこぼれてくる。

光はしばし水面で戯《たわむ》れて、やがて風にさらわれて空《くう》に溶けていく。

その様子を飽《あ》くことなく見つめていると、

「おい、尊、見てみろよ」

ふいに隣の少年が、水面を指さして声を潜めた。

「何?」

少年の指さす方向に目を向ける。

そこには、水面をかすめるようにして飛ぶ二匹の黒い蜻蛉がいた。

「神様蜻蛉だ」

隣の少年が言う。

「この間、じいちゃんが言ってた。黒い蜻蛉は神様の使いなんだって」

「神様蜻蛉か。細くてかわいい蜻蛉だね」

言葉にしたそのとき、蜻蛉がかすめた水面が大きくうねり、目の醒《さ》めるような青い魚影がひるがえった。

池にいるどの鯉よりもはるかに大きな影だった。

「怖い」

思わず声を発すると、それを合図のように水面が波立ち、池から発せられた一陣の風が尊の左頬をかすめて通り過ぎた。

ふり返って、そこにあった大楠を見上げると、青緑色の煙のようなものが枝に絡《から》みつきながら天に立ち昇ってゆく。

その姿は、青緑色の龍のように見えた。

次の瞬間、上空で風がうなりを上げ、大楠の枝がざわざわと揺れた。

気がつくと、隣にいたはずの少年が跡形もなく消えていた。

こみ上げてくるすさまじい恐怖に圧倒されて、声の限りに何度も叫んだ。

「涼！　涼！　涼！」

自分の叫び声に驚いて、目覚めると、隣では陽太が寝息を立てていた。

辺りはすっかり夜の色に染まり、空では弓張り月が白金《プラチナ》のような光を放っている。

穏やかな景色とは対照的に尊の全身には汗が滲み、心臓は激しく波打っている。

「記憶が、戻った……」

尊は月に向かってつぶやいた。

「……涼」

夢の中で声の限り呼んでいたその名を、そっと声に乗せてみる。

とたんに、寒々しい喪失感が全身を包む。

「おい、尊、見てみろよ」

涼の弾むような声がリアルに蘇り、思いがけずひと滴の涙が目尻から滑り落ちた。

夕釣り

「行くか？　尊」

奥座敷で昼寝をしていた尊に、在悟が声をかけた。

「……どこに？」

瞼をこすりながら、体を起こす。

「釣りだよ」

「釣りかぁ」

「嫌なのか？」

「そうじゃないよ。寝起きで心の準備ができてなくて」

尊は大きく伸びをして、ゆっくりと立ち上がった。

時を同じくして、居間の柱時計が午後五時を告げた。

釣りは在悟の唯一の趣味で、時間があるときは近所の川に一人で出かけていたが、時々、思い出したように尊を誘う。それは、尊が幼い頃から今までずっと続いている。

尊自身は、釣りがあまり好きではない。のびのびと泳いでいる魚を、針で釣り上げるというのが拷問にしか思えないのだ。

けれども、それを言葉にしたら、釣りが唯一の愉しみである祖父を否定することになると思い、これまで一度も本音を伝えたことはない。当然、誘われればおとなしくついて行く。

尊が暮らす街はその大半が山間部で、際立った観光名所などは一つもない。街の中心部にはJRの駅があるのだが、駅員はおらず、一日に停まる電車の総数は十数本という静けさだ。日中の運行にいたっては、電車と電車の間隔が二時間近くも開いてしまうというのどかさである。

天堂家は、その駅から山間部に向かって七、八キロメートルほどの山間《やまあい》の集落にあった。

自宅から歩いて十五分ほどの場所に、街を貫くように流れる一級河川がある。森に囲まれた水のきれいな川で、清流を好む山女魚《やまめ》や岩魚《いわな》、そして、鯏《うぐい》や追川《おいかわ》などが棲息している。

川岸には山桜が悠然と佇み、在悟と尊はその大樹の下で釣りをするのが常だった。

「水辺はいくぶん涼しいな」

釣り場に着くと、在悟は持参した折り畳み式の椅子を広げた。

尊もその左隣に椅子を設《しつら》える。

「水音というのは、いつ聞いてもいいものだな」

言いながら、在悟は釣りの準備を始めた。

釣りのとき、在悟は市販の練《ね》り餌《え》を使う。練り餌は粉末状のため、水を加えて練り、それを丸めて針の先につける。そのときに、針の返しが餌の真ん中にくることが重要であり、餌が落ちないようにしっかり押さえこむことも忘れてはならない。

在悟にさんざん教え込まれたことだ。

尊はその教えの逆手をとり、餌が水に入ったとたんに針から離れるよう、練り餌をつける仕上げの手を緩め、なるべく魚が釣れない工夫を怠らなかった。

自分を釣りに誘ってくれる祖父と魚たちの命、その両方を尊重するための苦肉の策である。

尊は今日もいつも通りの手順で練り餌をつけて、水面に針を下ろした。

釣りに来て、釣れない工夫をする。

それを祖父が知ったらどう思うのだろう。

尊はぼんやりとそんなことを思いながら、いっこうに沈まない浮標《うき》を見つめた。

森から流れてくる夕風が、足元に繁茂する夏草を躍らせる。

見上げれば、山桜の梢がゆるやかにうねる。

蜩《ひぐらし》の鳴く声。

鳥たちの囀り。

川が奏でる水音。

すべての音色が混じり合い、溶け合い、やがて、音に満たされた静寂をつくる。

目を閉じると、深い安らぎが満ちてくる。

ここに来ると、いつもそうだ。

眠りに落ちる瞬間のような、揺るぎない静けさに包まれる。

まるで、時間が止まったかのように。

尊はいつしか釣り竿を握ったまま、うたた寝を始めた。

「今日も釣果はゼロか」

どのくらいの時間が経ったのだろう。

ふいに、在悟が声をかけてきた。

尊はゆっくりと目を開いて、辺りを見回した。

「川か……」

「何を寝ぼけておる」

在悟が笑う。

「魚もあきれているぞ。だから、釣れんのだ」

「そう言うじいちゃんも釣れてないじゃないか」

尊が空《から》のバケツに目をやると、

「お前が寝入っている間に、岩魚が何匹か釣れたが、水に返したのさ」

在悟は視線を水面に落として目を細めた。

「尊よ、いいんだぞ」

ぽつりと言う。

「何が？」

「魚を釣るのが嫌なら、釣り糸を垂らさなくとも」

「え？」

「竿など握らんでもいいんだ。ただ、じいの隣に座っているだけで」

「知ってたの？」

「蚊も殺せないお前にとって、魚を釣ることは相当な重荷であろうよ」

「じゃあ、どうして俺を誘うの？　兄さんを誘えばいいのに」

「まあ、高空なら、一匹でも多く釣り上げようと奮闘するだろうな」

「その方がじいちゃんだって、よっぽど張り合いがあるだろう」

「張り合いが欲しくてお前を連れてきているわけではないんだ」

「じゃあ、何で？」

「治療さ」

「治療？」

「片割れを失った心の痛みを癒すために、ここへ連れてきていたのだ」

在悟は夕空を見上げて言った。

「陽光を湛えたゆるやかな水流。対岸の森から吹く風の清らかさ。生命力漲《みなぎ》る草花の息吹。鳥たちの囀り……。ここにあるすべてが、お前にとって薬になる。だから、時々連れてきていたのさ。ただ座っているだけというのも苦だと思って、釣り竿を持たせてみたのだが、お前にとってはそっちの方が苦だったようだな」

尊は水面に視線を放って、

「そうだったのか。ありがとう」

小声で言った。

涼のことを思い出したのは、ほんの五日前のことだ。

それまでは、自分の意識の中に涼はいなかった。

だから、「心の痛み」を自覚したことなど実際は一度もない。

けれども、祖父には見えたのだろう。

記憶の中に刻印されていた悲しみや怖れが。

魂を震わせる慟哭《どうこく》が。

それを受け止め、包み込む。

いたわりの言葉を伝えず、励ましの言葉を伝えず、ただ、自然の中に連れ出す。

そうして、ゆっくりと待っていてくれたのだろう。

自分が幼い頃に負った心の傷みが、薄皮を剥ぐように薄れていくのを。

尊は祖父の自分に対する深い慈しみに触れて、瞼が熱くなった。

「礼などいらん。それにしても」

在悟は口元をほころばせた。

「今まで、よくもつきあってくれたものよ。いつ『魚は釣りたくない』と言い出すかずっと待っていたんだ」

「それなら、もっと早く『ただ座っているだけでいい』と言ってくれればよかったじゃないか」

「それじゃあ、意味がない」

「どうして？」

「一人の人間として自立していくためには、自分の気持ちを自分で伝えられることが肝心だからな。お前が言い出すのを待っていたのよ。待ちくたびれて、思わず自分から言ってしまったがな」

「それは大失態だね」

尊は笑みを浮かべて、

「でも、助かったよ。これからは釣り竿を封印する。ただ黙って隣に座っているよ」

在悟に目を向けた。

「それでいい」

在悟は目を細めて満足そうにうなずいた。

その澄んだ表情に、

「どうしてなんだろう」

胸につかえていた思いを投げかける。

「何のことだ？」

「どうして俺じゃなくて涼だったのかな」

「神隠しに遭ったのがか？」

尊は小さくうなずいて、

「母さんから涼のことを聞いてから、そればかり考えてるんだ」

「人間は何かが起こると、すぐにその理由を探す」

在悟は前方の森に目を向けて静かに言った。

「でもな、この世には我々人間にはさっぱり理由がわからない不可解なことはいくらでもあるものだ」

「確かにそうかもしれないけど」

頭ではわかっていても、それが自分の身内となると冷静ではいられない。

「とはいえ、涼が神隠しに遭ったのには理由がある」

「どんな？」

「そこに、涼がいたからだ」

「どういうこと？」

尊は在悟の横顔を凝視した。

指先が冷たくなってきたのは、夕風の涼しさだけが原因ではないだろう。

「龍神様が天に上るその瞬間、その道筋に、たまたま涼がいたということだ。あのとき、涼のいた場所にいたのがお前だったら、龍神様に連れて行かれたのは尊だったということだな」

在悟は森に向けられていた視線を水面に落として言葉を続けた。

「龍神様に悪意はない。わかりやすく言えば、空中を漂っているタンポポの綿毛が、突然湧き起った強風にさらわれるようなものだな。涼は龍神様とともに、しばし、別の次元を渡り、この世のとある場所に降ろされたのだ」

「悪意がないのなら、龍神様はどうしてすぐに涼を返してくれなかったのかな」

「じいが聞いたところによるとな」

在悟はそう前置きをして、言葉を続けた。

「涼が降ろされたのは、龍神様が暮らす聖域だ。そこに降ろされた涼は、大人たちに保護されたのだ。保護されて、建物の中に連れて行かれた。そうなると、龍神様でも涼を運べはしない」

「どうして運べないの？　神様なのに？」

「それは、龍神様が物質としての肉体を持っていないからさ。龍神様は、太古の昔に大空を飛んでいた翼竜とは違う。もっと高波動の存在だ。だから、おいそれと人間の子どもを運んだりできるものではないんだ。涼が連れて行かれたのは、その高波動の流れに巻き込まれたからであって、まさに、数百万分の一の確率といえる」

「じいちゃんはその話を誰に聞いたの？」

「決まっとるだろう」

在悟の口元に笑みが浮かぶ。

「龍神様よ」

まるで、御伽話のようだ。

けれど、これは作り話などではなく事実なのだ。

在悟のまなざしや口調がそれを物語っていた。

息を詰めて話を聞いていた尊は、体の力を抜いて軽く目を閉じた。

清流が奏でる水音が天から響いてくるような気がする。

こうしていると、体が宙に浮いて、そのまま空に溶けていきそうだ。

もしも、今、この清流から龍神様が現れて、後方にある桜の樹を伝って天に昇るなら、自分は涼のように別次元を渡り、どこかの聖域に降ろされるのだろうか。

考えただけで怖くなる。

涼もきっと、想像を絶するほど恐怖を味わったのだろう。

あのとき涼が感じたであろう戦慄が、ふいに、自分のことのように胸に迫ってきた。

尊は思わず身震いをして、目を開けた。

いつの間にか、辺りの景色が夕色に染まっている。

「美しい」

在悟が夕空を仰いで目を細めた。

「二十代の頃に一度だけ、富士山に登ったことがある。友人三人と一泊二日の行程だった。夜中に山小屋を出発して、山頂でご来光を眺めたんだ」

尊も呉藍《くれない》に輝く空を見上げた。

在悟の言葉通りの美しい空だ。

すべてを包みこむようなやさしさにあふれている。

「地平線の彼方から姿を見せた太陽の神々しさに、涙があふれて止まらなくなった。太陽が染める雲海の清澄な美しさも、まさに筆舌に尽くしがたいものだった」

在悟はあたかもその光景が目の前に拡がっているかのように、眩《まぶ》しそうに目を細めた。

「あのとき、至高の美を前にして悟ったのだよ」

「何を？」

「この地球にすべてがあることを」

「すべてがあること？」

「神々しいほどの美と目を背けたくなるような醜悪、華やかな光と漆黒の闇……。その間に存在する無数の諧調。それがこの地球にあり、そこに棲むすべての命の中にもあり、すべてが繋がっていて一つであるということが一瞬にして理解できたんだ。まさに、神の息吹に触れた瞬間だった」

在悟は尊に目を向けてやわらかく微笑んだ。

「この世で起こる出来事には、すべて神の意図が働いている」

「数百万分の一の確率で起こった涼の神隠しにも？」

「そうだ」

在悟が尊の目をのぞき込んだ。

「神隠しも、その後の物語も、すべて神の采配のもとに綴られるのだ」

なんとも現実離れした話だ。

でも、なぜか尊にはその意味することが理解できた。

「じいちゃんは心配じゃないの？」

「どうしてそんなことを訊く？」

「涼は実の孫なのに、なんだか他人事《ひとごと》みたいに話すから」

「そう見えるか？」

「見える」

「その見解はある意味正しい」

在悟は軽く息を吐いた。

「じいには見えるのだ」

「何が？」

「お前たち二人の未来がな」

「俺と涼の未来が見えるの？」

尊が目を瞠る。

「そこに心配の種などない。じいに言えるのはここまでだ」

在悟は視線を水面に落として目を細めた。

「そういえば、明日から伊勢に行くらしいな」

「夏休みの間は、ずっと伯母さんの家で留守番なんだ」

「伊勢は富士山と同じく、神の息吹を感じられる特別な場所だ」

「確か、陽太も同じようなことを言ってたよ。『伊勢に暮らすと神様の息吹を肌で感じる』とかなんとか」

「ほう。あいつは、なかなか見込みがある」

在悟が感心したように言った。

「確か、以前伊勢に住んでいたらしいな」

「知ってるの？」

「初めて家に来たときに、二人きりになる時間があったから聞いたのさ」

「そんな時間があったの？」

「ほんの数分のことさ。お前が母さんに呼ばれて台所に行っていた間だからな」

「記憶にないな。最近、物忘れが激しくて」

尊が苦笑する。

「そういうのは物忘れではなくて自然現象だ。自分にとって必要のないことは自然と忘れていくものさ。人間の体というものは実に便利にできているものよ」

言いながら、在悟は尊に目を向けた。

「向こうに行ったら、猿田彦《さるたひこ》神社を参拝してみるといい。じいは伊勢に行ったら必ず猿田彦神社を参拝することにしておる」

「猿田彦神社か。おもしろい名前だな」

「猿田彦神社に祀られている猿田彦大神《さるたひこおおかみ》は、天照大御神の孫にあたる瓊瓊杵尊《ににぎのみこと》が天から下りてきたときに、高千穂まで導いたということだ。そこから、道理を示し、正道へと導く『道開きの神』といわれている」

「高千穂に？」

「それがどうかしたか？」

「伯母さんが取材で出かけるのも、確か高千穂だったから」

「ほう。和も猿田彦大神に導かれているのかもしれんな」

「伯母さんならありうるかもね」

「猿田彦神社には『道開きの神』のエネルギーが満ちている。参拝することで、お前にとって最善の未来が開かれるかもしれんぞ」

「最善の未来か……」

つぶやきながら、尊は夕空に目を向けた。

先ほどまで華やかに彩られていた薄明の空は、いつの間にか色あせている。

草むらのそこかしこからは、涼しげな虫の声が立ち昇る。

「人間界では盛夏だというのに、自然界ではすでに秋が兆《きざ》しているな」

在悟は釣り竿を立てて、空《から》の針を水面から引き上げた。

神居ます地

尊と陽太が和の家に到着したのは、七月二十七日の午後八時近くだった。

五十鈴川の水音が届く数寄屋《すきや》造りの古民家は、驚いたことに、陽太の一家が以前暮らしていた家だという。和と陽太は一瞬で意気投合し、手を取り合ってこの偶然を称《たた》え合った。

「こんな偶然ってあるんやねぇ。新作執筆に向けて幸先がええわ」

一枚板の卓袱台《テーブル》を挟んで、和はしみじみと陽太を見た。その人生の大半を関東圏で過ごしてきたにもかかわらず、いつの間にか標準語の影が薄れている。

藍色の生地に白抜きの朝顔が散りばめられた浴衣姿。結い上げた髪にはわずかながら白いものが混じってはいるが、五〇代半ばにはとうてい見えないくらい若々しい。

「俺もまさか自分が住んでいた家を引き継いでくれたのが、尊の伯母様だとは夢にも思いませんでしたよ。このことを話したら、父と母、じいちゃん、ばあちゃん、それに、妹の朝陽《あさひ》、オカメインコのオカちゃんもびっくりですわ」

陽太は上機嫌で、いつも以上に饒舌だ。

「オカメインコはびっくりしないと思うけど」

小声で言う尊を、

「あんたは、そういうところを直さなあかんで。インコだってびっくりするかもしれんよ。

もっと、思考に柔軟性をもっていかんと」

和がたしなめる。

「陽太くんも『伯母様』って何やねん。気色悪いわ。和さんでええのよ」

テーブルの上には、食べ盛りの少年たちのために時間をかけて準備をしたであろう、手のこんだ料理が並んでいる。

陽太は大皿に盛られた鶏の手羽先の唐揚げに箸を伸ばして、

「うまそうっすね。和さん。さすがです」

と笑った。

「そういう賛辞は料理を口にしてから言うもんや。『うまいっすね。最高っす。和さん』ってな」

和はグラスにロゼワインを注ぎながら目を細めた。

「ところで陽太くん一家はどうして、ここを出て行かはったん？　お父さんの転勤かなんか？」

「ある夜、母が夢を見たんですわ」

陽太がさらりと言った。

こちらに戻ってスイッチが入ったのか、すっかり和の口調と同調している。

「夢を？」

和が訊ねると、

「どんな?」

すかさず尊も訊く。陽太が引っ越してきたのは父親の転勤だとばかり思っていたので意外だった。

「引っ越しをした夢や」

陽太は笑いをこらえて言った。

「ほう。引っ越しの夢ねえ」

「それで?」

「それで、その夜に家族会議や」

「いきなり家族会議かいな。まさか、『引っ越しの夢を見たから、引っ越しましょう』なんてことではないのやろう?」

「その『まさか』ですねん」

陽太が得意そうに答える。

「はあ? もちろん、みんな反対しはったんやろう?」

「普通はそう思いますわな」

「思うよ」

「ところが、満場一致で即決や」

「何でまた?」

「信じてもらえへんかもしれんけど」

陽太はわざとらしく前置きをして、

「俺以外の家族全員が同じ夢を見てたんや。まだ、幼稚園児やった妹までが」

芝居がかった声で告げた。

「オカメインコも？」

尊が思わず口走ると、

「オカちゃんはまだおらんかったわ」

陽太が声を上げて笑った。

「じいちゃんが『全員で同じ夢を見るなんて、ただ事じゃない。これは間違いなく神様の思《おぼ》し召しに違いない』ってな」

陽太はグラスのジンジャーエールを二口飲んで言葉を続けた。

「それで、引っ越すことに決めたんや」

「全員が見たというその夢を詳しく聞かせてくれへん？　小説のネタにうってつけやわ」

和が身を乗り出す。

「第一の場面では、この家を家族総出で片づけていたそうや。掛け軸を箱に入れたり、食器を梱包したりな。第二の場面では新しい家で、家族そろって蕎麦を食べてたらしいわ。部屋はまだ片付いてなくて、段ボールが散乱してたって言うとったな。第三の場面では、家族全員で神社を参拝してたんやて。みんなで並んで本殿の前で手を合わせていると、『よく来た。この地でつつがなく生きよ』という声が聞こえてきたそうやで」

陽太は尊をちらりと見て、

「後でわかったことやけど、その神社がお前の家ってわけや」

にやりと笑った。

「家の神社が、会ったこともない陽太の家族の夢に現れていたなんて、不思議なこともあるもんだな」

「その後、家族で手分けして、夢を頼りに一年以上の時間をかけて引っ越し先を探しまくってな、やっと今の家にたどり着いたんや」

「家族全員が同じ夢を見るなんてことは、普通じゃありえへんことやけど、この場所でなら起こりうるかもしれんね。何しろここは、神居ます地やから」

和がしみじみと言う。

「そこにある内宮さんの御祭神《ごさいじん》は天照大御神。そして、天堂神社の御祭神もまた天照大御神や。これは、偶然やあるまい。きっと神様に導かれたんやね」

「導かれる？　何のために？」

陽太が和に目を向けた。

「私が思うに、キーパーソンはたぶん陽太くんやね」

「俺が？」

「陽太くんだけみんなと同じ夢を見てないちゅうのが引っかかるんやわ。あんたを今住んどる場所に連れて行くために、他の家族は神様に夢を見せられたんとちゃうかな」

「だとしたら、俺は何のためにあの街に連れてこられたんやろ？」

陽太が和に訊く。

「もしかしたら、尊に出逢うためかもしれんね。現にこうして仲ようしとるしな」

和は唇に笑みをたたえて言った。

「人と人が出逢うのは縁や。縁には一過性のものと、生涯続くものがあるんやわ。あんたたちの縁は一生ものかもしれんね」

「和さんにそう言われると、そんな気がしてきますわ」

陽太がおどけたように笑った。

皆が口をつぐむと平和な沈黙が訪れた。

五十鈴川の涼しげなせせらぎの音に耳を愉しませながら、尊は小鉢に盛られたオクラの胡麻味噌和えを口に運んだ。

「オクラの茹で具合が絶妙で、甘い胡麻味噌との相性が抜群ですね」

尊の代わりに陽太が言う。

和は深くうなずいて、

「百点満点の答えや。できれば、尊の口から聞きたかった言葉やけどなあ」

尊と陽太を交互に見た。

「尊の気持ちを瞬時にキャッチして代弁したんですわ。こいつ、口下手ですねん」

「それは、子どもの頃からやね。余計なことは話さん子やった。涼とは対象的や」

尊は息を呑んで和に目を向けた。

このタイミングで涼の名前を出すとは思いもよらなかった。

「涼って誰ですねん?」

「この子、双子やねん」

「双子? 本当かいな?」

陽太が声を上げげる。

「本当だよ」

尊は平静を装って、再びオクラの胡麻味噌和えに箸を伸ばした。

「何で黙っとったんや」

「知らんかったんかいな。友達なのに」

和は、ワインを口に含んで、

「あ、確か、記憶がなくなったんやね。涼のことはみんな忘れてもうたって、彩から聞いとるよ。ごめん、ごめん。変なこと言うてもうて」

華奢な指で唇をぬぐった。

「記憶がなくなったんかいな。それは一大事やないかい。一体何があったんや」

陽太がいつになく神妙な表情をみせた。

「母さんによると子どもの頃に高い熱を出して記憶がなくなったらしい」

「命までなくならんで何よりやったね」

和の言葉に、

「まったくや。生きとっただけでもよかったわ」

陽太がうなずく。

「……涼は、どんな子だったんですか」

尊は遠慮がちに訊ねた。

現時点では、池で涼が消えてしまったときの記憶が戻っただけで、他の記憶はまだ曖昧《あいまい》なままだった。和の話を聞けば、もっといろいろなことを思い出すかもしれない。

「元気で活発な子やったね。よくしゃべる明るい子やった。私が横浜におったときは、よく行き来があってな。まあ、私が尊たちの家にお邪魔することの方が多かったわな。何しろ実家やしね」

和が頬を緩ませる。

「あるとき訪ねて行ったら、いつものように涼が『和さーん！』って走り寄って来てな、ああだこうだと近況報告が止まらんのよ」

「尊はどうしてたんかいな？」

「境内にある池でにこにこしながら鯉を見とったな。しばらくすると、しくしく泣いとるから『どうかしたの？』って訊いたら『ここ、鯉に食べられた』言うて、人さし指見せてきたんやわ。『かわいいから、いいこいいこしようとしたら怒られた』言うて、さめざめと、それは悲しそうに泣くんよ。裏も表もよく見たんやけど、尊の指には傷一つできとらんかった。にもかかわらず、ものすごい打ちひしがれようでな。何だかおかしくなって、笑ってもうたんよ」

和が目を細めて笑った。

「それを見て、涼が真っ赤な顔して怒るんやわ。『笑ったらだめだ。尊がかわいそうだろう』ってな。ほんまに、仲のええ二人やった」

「涼くん、立派な子ですなあ。俺の子どもの頃にそっくりや」

陽太が真顔で言った。

「あのときは」

尊が笑みを浮かべる。

「指ではなくて、心が痛かったんだ。友達だと思っていた鯉に攻撃されたと思って」

和の話した場面が、尊の脳裡に鮮やかに蘇る。

「覚えてたん？」

「伯母さんの話を聞いて思い出したんです」

「それはよかったな。他には、何も思い出せんの？」

「この間、一つだけ思い出しました」

「一つ？」

「涼が、消えてしまった日のことを」

「消えたってどういうことやねん？　そういえば、双子と言いながら、涼っちゅう人、尊の家におらんやないかいな。どこにいてはるんや？」

陽太が尊の横顔に問いかける。

「涼は五歳の誕生日に、神隠しに遭って消えてしまったんだ。家の境内で俺と一緒に池の鯉を見ているときに」

「そういうおもろい話やのうて、事実を言わんかいな」

「事実だよ」

尊はグラスに注がれたジンジャーエールを一口飲んで、陽太に視線を送った。

「あのとき、池に龍が現れて、大楠を伝って天に昇って行ったんだ。気がついたら、涼が消えていた」

陽太は尊の真剣な表情に圧倒されて、口をつぐんだ。

「俺はその出来事にショックを受けて高熱を出し、数日間眠り続けて、目覚めたときにはそれまでの記憶がなくなっていたそうだ」

「……そんなことがあったのか」

陽太はしんみりと言い、テーブルに視線を落として黙り込んだ。

しばらくの間、神妙な面持ちで口をつぐんでいたが、ふと、顔を上げて、

「だからって、これっきり一生逢えないって決まったわけやないやんか。いつかまた逢えるかもしれんぞ」

尊に目を向けた。

「いつかはわからないけど、俺自身が見つけるらしい」

「どうしてまた、そんなことがわかるん？」

和が訊く。

「父がそう言っていたそうです。母から聞きました。父は時々、予知夢を見るとか」

「ほう。あの清彦さんが予知夢をねぇ。意外やわ」

「その予知夢とやらが現実になるとええな」

陽太の言葉を聞き流すように、尊は縁側の向こうに広がる庭に目を向けた。灯篭《とうろう》が灯《とも》る庭から流れてくる夜風に、蚊取り線香の煙がゆるやかにたなびいている。季節は盛夏の只中であるのに、耳を澄ますと、蟋蟀《こおろぎ》の声がそこかしこから聞こえてくる。

「七月二十一日の誕生日の夕方に、涼がいなくなった日の記憶が戻った。それも、父さんが夢で予知していたことだったんだ」

「七月二十一日？」

陽太が尊の横顔に訊く。

「一緒に花火をしに川原に行った日だ」

「ああ、あのときか、夕焼け空に龍神様が現れて、恐ろしさのあまりお前が貧血を起こしたとき」

「そうだよ」

「龍神様が現れたんかいな？」

和の問いかけに、

「正確には、龍の姿をした雲です」

尊が応える。

「龍神様は雲という形で姿を見せることが最も多いんよ。あとは、滝や川の流れの中だったり、煙や炎の中から姿を見せることもあるらしいで。いずれにしても、龍神様は神様の使いや。瑞兆《ずいちょう》やね」

「ズイチョウって？」

尊が和に視線を送った。

「よい兆しのことや。これまで、停滞していたことが動き出すかもしれん」

「停滞していたことが、動き出す……」

尊は和の言葉をなぞった。

言葉にしただけで、微かに胸が躍った。

涼の存在がほんの少し、近くなったような、そんな気がした。

「ここは神居ます地や。『お伊勢さん』は八万社を超える日本の神社の中心的存在なんよ。ある意味、日本中で最も尊い場所や。ここに来られるのは、神様に呼ばれた者だけなんや。だからこそ、ここに呼んでいただいたことに意味があるんよ。まぁ、直接的に呼んだのは私やけどね」

和が笑みを浮かべる。

ふいに、庭から夜風が吹き込んだ。

庭に咲く白粉花《おしろいばな》の甘い香りが数寄屋造りの和室に拡がる。

「天気予報によると、台風が接近しとるらしいわ。明日の夜中あたりに紀伊半島に上陸するとか」

和は庭に視線を放ち、

「風と雨の祓《はら》いや。この地が浄《きよ》められるときに、ここにいられるのは尊いことやな」

静かに言った。

「そんな考えもあるのか。台風っていうと一つもいいイメージがなかったけど」

尊のつぶやきを、

「どんな物事にも明暗両方の面があるんや。どうせなら、明るい方を見ていかんとね」

和がすくいとる。

「そうですね」

尊は深く息を吸って、睫《まつげ》を伏せた。

白粉花の香りに寄り添うように、まだ見ぬ雨の匂いがする。

「采配やね」

しばしの沈黙の後、和がぽつりと言った。

「采配？」

それまで口をつぐんでいた陽太が訊き返す。

「私が、夏の間にこの家を空けて高千穂に行くことになったのも、ここへ二人が来たことも、空に龍神様が現れはったことも、涼がいなくなったことも、そして、陽太くん一家が尊の住む街に引っ越しはったことでさえ、すべてが神様の采配や。一見、何の関係もないと思えることが、実は一本の糸で繋がっとるんや」

和は言葉を止めて、尊の眼をのぞきこんだ。

「尊はこの地で、魂の片割れを見つけるかもしれんな」

次に陽太に目を向けて、

「あんたも見つけるかもしれんよ」

意味ありげに微笑んだ。

「俺も見つける？　一体何を？」

「からくりの答えをな」

「からくりの答えって？」

「さまざまな巡り合わせを経て、今、自分がここにおる。その意味がわかるかもしれんということや」

和は誰にともなく言って、ワイングラスに手を伸ばした。

陽太は和から視線を外して、庭に視線を放った。

一点をじっと見つめる横顔が愁いを含む。

それは、陽太が今まで一度も見せたことのない表情だった。

陽太の輪郭を縁取る翳りに、尊の心が微かに軋《きし》んだ。

「伯母さんはどうして、高千穂に？」

ふいに胸に浮かんだ思いを言葉に乗せる。

小説執筆のための取材ということは聞いている。

それならなぜ、高千穂の地を選んだのだろう。

「決まっとるやろう」

和は尊の目をのぞき込んで、

「猿田彦大神様のお導きや」

微笑んだ。

道開きの神

伊勢の夏は暑い。

日中は燦々《さんさん》と降り注ぐ陽光が肌を焼く。

けれども、早朝の陽ざしは、上質なシフォンのように、やさしく素肌を包みこむ。

街に満ちる空気の粒子は細やかで、深呼吸をするたびに、一晩の間に体の中に溜まった老廃物が洗い流されていくような清らかさがある。

こちらに来てから一週間が過ぎたが、尊は日課の早朝ランニングを続けていた。

コースは決めずに、気持ちの赴《おもむ》くまま走る。記録《タイム》は気にせず、ひたすら体と心を歓《よろこ》ばせるためだけに走っている。

和の家は観光客で賑わう「おはらい町」のメインストリートから少し外れた五十鈴川沿いにある。

おはらい町は、内宮の宇治橋前から、五十鈴川に沿って八百メートルほど続いている鳥居前町だ。

おはらい町を貫く石畳の道の両脇には、多くの土産物屋や飲食店などが軒を連ねている。

尊はまだ閑散としているおはらい町を抜け、内宮の前を経由して、御幸《みゆき》道路へ出た。そのまま北へ向かってストライドを刻むと、やがて、宇治浦田《うじうらた》町の交差点が現れる。

交差点を左折した右手前方には猿田彦神社が佇んでいた。

「猿田彦神社には『道開きの神』のエネルギーが満ちている。参拝することで、お前にとって最善の未来が開かれるかもしれんぞ」

伊勢に発つ前日に聞いた在悟の言葉が蘇り、尊は猿田彦神社の前で足を止めた。ここを参拝することで、涼の存在に一歩近づけるようなそんな予感がした。

八角形の柱をもつ大鳥居の前で深々と一礼をして、境内に足を踏み入れる。早朝ということもあって、人影は少ない。

向かって左側にある手水舎《てみずしゃ》で両手と口を浄めて、本殿へと歩を進める。本殿正面には、中央に「古殿地《こでんち》」と刻まれた八角形の石柱がある。それは昭和十一年まで本殿があった場所を示すものだという。

つまり、そのときまでこの場所に猿田彦大神が鎮座されていたということだ。知識を授けてくれたのは、もちろん在悟だ。

夕釣りから帰った後、在悟は撮りためてあった猿田彦神社の写真を並べながら、あれこれとていねいに講義をしてくれたのだった。

尊は石柱に軽く会釈をして、本殿の前に立った。

神社参拝の作法である二拝二拍手一拝に則り、二回お辞儀をして二回柏手を打つ。

ひと時の静寂に包まれながら、軽く目を閉じて、夢の中に現れる少年を思い浮かべた。

それだけで何も願わずに顔を上げた。

涼の存在を知ったときから、「逢いたい」という気持ちはあった。

でも、それはまだ、漠然とした思いでしかない。

それゆえ実際に逢えたらどうするかという考えには及んでいないのだ。

それを、今この場所で改めて実感した。

もしも今ここで「涼に逢えますように」と願ったとする。

猿田彦大神様の導きによりその願いが成就したとしたら、その先に何があるというのか。

たとえ逢うことができたとしても、涼には涼の生活があるはずではないか。そこへ突然、自分が現れて「双子の片割れです」と名乗ったところでどうなるというのか。かえって、相手を混乱させて苦しめるに違いない。

だからこそ、安易に「涼に逢えますように」などと願ってはいけないような気がしたのだ。

尊は急に重くなった気持ちを鎮めるように胸に手を当てて、深く息を吐いた。

すると、突然、ぱらぱらと雨が落ちてきた。見上げると、空は雲一つない晴天である。

神社に詣《もう》でているときに急に風が吹いたり、雨が降ったり、あるいはそれまで降っていた雨が急に止んだりしたら、神様が歓迎してくださっているサインだと聞いたことがある。

教えてくれたのは、祖母の椛だった。

祖母は二十代の頃に奈良県の天理市にある石上神宮《いそのかみじんぐう》を参拝したことがあったそうだ。八月下旬のその日は、近畿地方に台風が接近していて、雨風が激しかったという。

石上神宮へは天理駅で下車して、徒歩でおよそ三十分の道のり。行程の前半はアーケードのある商店街だったので苦はなかったそうだが、商店街を抜けると、傘が飛ばされそうな風。そして、横殴りの雨に襲われた。

それでも、なんとか石上神宮にたどり着いたそうだ。その頃には、汗と雨で全身ずぶ濡れでひどいありさまだったという。

ところが、鳥居をくぐったとたん、雨風がぴたりと止み、薄日が射してきたとのことだ。

「おかげさまで、心穏やかに神様に御挨拶できたのよ」と祖母は感慨深そうに微笑んだ。

参拝を終えて神域から出るとすぐに、再びポツリポツリと雨が落ち始めて、すぐに激しい風雨が戻ってきたそうである。

にわかには信じ難く、思わず疑いの眼差しを向けると、祖母は古ぼけたアルバムを持ち出してきて、日付入りの写真を見せてくれたのだった。

暴風雨に身をくねらせる木々の写真と木漏れ日が映る境内の写真。境内の写真には、黒い羽の雄鶏が二羽映っていた。

尊は雨の滴を右の手のひらで、そっと受け止めた。

ひと滴の雨粒が、陽光を映して凛と輝く。

自分にも、こんな瞬間があったのだ。

ふと、そんな思いが胸を過《よぎ》る。

母の胎内で命を授かったときの自分は、この雨滴のようだったのではないか。

ただひたすら純粋で無垢。

脆くて、けれどその内側に確かな生命の律動を宿す。

そんな儚《はかな》い存在だった頃から、自分に寄り添う命があったのだ。

翠色の光を纏って、この世にやってきたもう一つの命。

それが、涼――。

胸の奥がかすかに震えた。

尊は水平に保っていた手のひらを、ゆっくりと傾けた。

清らかな雨滴は手のひらでしばし留《とど》まり、名残を惜しむかのように地へ滑り落ちていく。


『道はすでに開かれた』


ふいに、声が届いた。

辺りを見回すが、だれもいない。

「空耳か……」

歩き出す尊の頭上から、

『あとは機を待つのみ』

はっきりとした声が降りてきた。

「道はすでに開かれた。あとは機を待つのみ」

そっと言葉をなぞってみる。言葉に宿る霊力《ちから》のせいだろうか。目の前がぱっと開かれたような開放感を覚えた。

誰も不幸になることなく、すべてが調う。

そんな思いが胸に満ちてくる。

尊は小さくうなずいて、鳥居をくぐり抜けた。

そのまま通りに出て、心の赴くまま走り出す。

ひと足ごとに、全身に活力があふれだす。

体が軽くなる。

つくづく自分は走ることが好きなのだと思う。

尊が早朝のランニングを始めたのは小学校五年生の夏休みだ。当時、中学校の陸上部に所属していた高空の影響である。

高空は毎朝三十分程のランニングを日課としていたのだが、ある夜、急に「明日からお前も走るか？」と声をかけてきた。

早起きをするのが面倒で答えを渋っていたら、背後からプロレス技をかけられた。執拗な攻撃に辟易して、仕方なくつき合うことにしたのだ。

ところが、いざ走り始めてみると、思った以上に苦はなく、むしろ、心が弾むような愉しさがあった。

早朝の清々しい空気と呼応して、体中からエネルギーが湧きあがってくるような感覚がたまらなかった。

走れば走るほど体が軽くなり、意のままに手足が動いた。

疲れも感じなかった。

陸上部に所属して二年目で毎日走っている高空と、小学生の自分では走力や持久力に大きな差があったはずである。それにもかかわらず、二人の距離が開かなかったのは、高空が自分のペースに合わせてくれていたのだろう。そう気づいたのは、本格的に陸上を始めてからだった。

「お前には長距離のセンスがある。磨けば、俺が見られなかった景色を見ることができるぞ」という高空の言葉に背中を押されて、中学校に入学してすぐに陸上部に入った。

センスがあったのかどうかはわからないが、入部して初めての地区大会で三千メートル走にエントリーして、優勝してしまった。そのまま県大会に進み、四位という成績を収めた。

自身も長距離を得意とし、箱根駅伝に出場経験もある顧問の小山内《おさない》亮太《りょうた》先生は大いに喜び、尊への指導にいっそう熱が入った。

生来生真面目な尊は先生の期待に応えようと懸命に自分を追い込んだ。

走る度に結果を求められる日々の中では、いつも「記録《タイム》」がつきまとう。「もっと早く、もっと、もっと、早く」そう思いながら走り続けたからこそ、得たものがあるのは確かだったが、いつしか大切なものを失くした。

それは、「走る愉しさ」だ。

少し前まであんなに愉しかった走ることが、苦しみを伴うようになったのだ。

肉体的な苦しみではない。精神的な苦しみだ。

肉体的な苦しみなら走るのをやめればすぐに治まる。けれども精神的な苦しみは、走るのをやめても治まることはない。四六時中背後に寄り添い、ときに重く圧《の》しかかってくる。

だからといって、練習に手を抜くことのできない性分だった。練習では誰よりもストイックに走りこんだ。自分の命を脅《おびや》かす何かから逃げるように走った。

走りながら時々、「自分は何から逃げているのだろう」という重苦しい不安に苛《さいな》まれた。

そんなときは決まって、少年と手を繋いで走る夢を思い出した。

すると、夢の中で感じる爽快感や幸福感、そして絶対的な安心感が蘇る。

とたんに、心も体も軽やかになる。

エネルギーが湧く。

気持ちが強くなる。

走りが変わる。

何かから逃げるのではなく、大切な何かを追いかけるように走れるのだった。

試合のスタートラインに立つときも、自然と夢の中の少年を心に描いた。それだけで心が鎮まり、すべての雑念が消える。

他校の選手たちの駆け引きがひしめくトラックを、少年と共にのびやかに走った。

走っているうちに、心はいつも勝敗を超える領域に飛んでいく。

順位のためではなく、もっと大きな何かのために走っている自分と出会うのだ。

試合の度に、自宅の居間にはメダルや賞状が増えていった。そこに記されている名前は「天堂尊」一人だけだったが、尊にとってはどれも少年と二人で獲得した勲章だった。

中学生のときから忘れていた「走る愉しさ」を再び体現できるようになったのは、藤本先生と出逢ってからだ。

尊は藤本先生が初めて陸上部に顔を出したときに言った言葉を、これまで何度も反芻してきた。

「自分を信じて、自分の走りを愉しんでください」

初めて先生の言葉を聞いた瞬間、ずっと探していた失くしものをやっと見つけたような爽快感に包まれたのだ。

走ることは苦しいことではなく、何よりも愉しいこと。

そんな思いが胸の奥からあふれだし、全身を駆け巡った。

それは、毎朝兄と走っていた小学生の頃の自分に戻れた瞬間だった。

あの日、藤本先生がくれた言葉は、尊の心と身体にしみわたり「記録《タイム》のために走る」という呪縛を解いたのだ。

呪縛の解けた体で地を蹴り、空《くう》を開き、風と戯れる。

小気味よいストライドで朝の静寂を破る。

清らかな汗の滴が宙に舞う。

走ることの歓びが、体と心を心地よく貫く。

尊は澄んだ陽光を纏い軽やかにステップを刻んだ。

再会

いつしか尊は、外宮の前まで来ていた。

外宮は伊勢神宮の二つの正宮のうちの一つであり、正式名称は豊受大神宮という。伊勢市駅から外宮参道を歩いておよそ五分、国道伊勢磯部線沿いに位置している。背後に高倉山を従え、静謐な杜《もり》に包まれた神域である。

入口付近にあるのは大きな松の樹々。その枝のそこかしこから熊蝉の鳴き声が降ってくる。

「まさに、蝉時雨」

言いながら、ゆるやかな弧を描く火除橋《ひよけばし》を渡る。

「天堂くん？」

手水舎の前で、後方から声をかけられた。

「藤本先生じゃないですか。どうして、ここに？」

驚いて声がうわずった。

「もうずいぶん前から、この時期には伊勢神宮を参拝しているのよ。天堂くんこそ、どうしてここにいるの？　しかも、いかにも走ってきましたみたいな出《い》で立ちじゃないの」

「いかにも走ってきたんです」

「どこから走って来たの？」

「内宮の近くです。五十鈴川沿いにある伯母の家から」

「あんな方から走ってきたの？　四～五キロはあるでしょう？」

「こちらに来てから、毎朝十キロくらいは走っています」

「さすが陸上部」

藤本先生は感心したように言った。

「宿題は手を抜かずにやる主義なので」

「宿題？」

「先生が『夏休みは各自で自主練習するのが宿題』と」

「ああ、そういえば言ったかも」

「伯母が仕事で一ヵ月ほど家を空けるので、陽太と一緒に留守番に来てるんです」

「そうだったの。彼は一緒に走らないの？」

「専門分野が違うので」

「ああ、走行距離の違いね。君は長距離。渡瀬くんは短距離ね」

藤本先生は柄杓《ひしゃく》に水をたたえて左手にかけた。尊もそれに倣《なら》う。

手水舎を後にすると、尊は藤本先生に歩幅を合わせてゆっくりと歩き始めた。

玉砂利を踏みしめながら、両方の柱に榊が据えられた素木造りの鳥居をくぐる。神宮の杜が拡がる神域に足を踏み入れると、周囲の景色が一変する。

参道の両脇には樹木が鬱蒼《うっそう》と茂り、樹々の梢から洩れてくる陽光が玉砂利を金色に染めている。

聞こえてくるのは、小鳥たちの囀り。

樹々を撫でる風の息遣い。

そして、玉砂利を踏みしめる静謐《せいひつ》な足音。

「玉砂利の上を歩くだけで邪気が落ちるそうよ。いわゆる禊《みそぎ》だわね」

「聞いたことがあります」

教えてくれたのは在悟だ。

「よく知っているわね」

「祖父が宮司なんです。自宅が神社なので」

「なるほど」

藤本先生は尊に目を向けて、

「ゆくゆくは、後を継ぐの？」

と訊いた。

「兄が継ぐと思います。今、大学で神道を学んでいますから」

「それなら安心ね」

「でも、兄は自称『超現実主義者』なんです。『俺は目に見えるものしか信じない』というのが口癖で」

「超現実主義者でも神職は勤まるわ。神事のしきたりを熟知していて、祝詞を上げられれば」

「そうですね」

尊は頬に笑みを浮かべて、

「そう言いながらも、兄は『見える』体質なんです」

言葉を付け足した。

「何が？」

「いわゆる『霊』が」

「ということは、お兄さんは、霊的な存在を信じているのね」

「そうなんですよ。『俺は目に見えるものしか信じない』人ですから」

「でも、超現実主義者？」

「兄にとっては、霊的な存在は紛れもない現実だそうです。ニュートンの万有引力の法則に匹敵するような」

「その意見には私も賛成だわ」

藤本先生が微笑んだ。

二つ目の鳥居をくぐり抜けると、やがて、右側に神楽殿《かぐらでん》やお札授与所が見えてきた。

授与所では数名の参拝客がお守りを選んでいる。

尊は授与所と向かい合うように立つ楠の大樹に目を留めて、立ち止まった。

幹が苔むしたその大楠は、周囲の樹々を圧倒する存在感を放っている。幹にそっと手を翳すとすぐに、温もりが伝わり、手のひらがピリピリと微かに痺れた。

「直接触らないのね」

藤本先生も歩を止める。

「直接触ると木が疲れてしまうから」

「その通りよ」

藤本先生は楠の幹に両手を翳した。

「こんなふうにするとね、人間と樹とのエネルギーの交換ができるのよ。人の右手から出ているエネルギーが樹を通って、左手に返ってくるの。こうすれば、樹も人も元気になるのよ」

藤本先生は尊を振り返って、思い出したように、

「そういえば、子どもの頃に読んだ本に、楠は遠くの仲間と連絡を取り合うことができるって書いてあったわ」

と言った。

「家の神社にも大きな楠があるんです」

尊は自宅の境内に佇む楠を思い描いて言った。

「天堂くんの家の楠とこの楠はきっと友達ね。今も連絡を取り合っているかもよ。『お前の家の倅《せがれ》が来たぞ』『ひとつよろしく頼むぞ』なんてふうに」

藤本先生が笑う。

つられて、尊も笑みを浮かべた。

「伯母様はどんなお仕事を？」

「小説家です」

「小説家なの？　お名前は？」

「伯母は『真田和』と言います。一応ミステリーを書いていますが、自称『神様小説の草分け』と」

そう告げると、藤本先生は両手で口元を覆って、

「本当に？　すごい！　すごい！」

人が変わったようにはしゃいだ。

「伯母を知っているんですか？」

「高校生の頃からファンなのよ。作品は全部読んでいるわ。小説もよいけど、時々出すエッセイも味わいがある。辛口だけどユーモアにあふれていてあたたかい。読んでいると、教えられることが多い。それに、元気になる。真田さんが伯母様だなんてうらやましいわ」

言いながら、再び歩き始める。

「今『神様小説の草分け』と言っていたけど、確かにそうかもしれないわね。最近は『神様』という言葉がタイトルに入った小説がたくさん出てきているけど、作品の中に一貫し

て『神様』の気配が感じられる小説は、真田さんが草分けといえるかも。でも、真田さんのすごいところは、文章中に一度も『神様』という言葉が出てこないところよ。その代わりに『采配』という言葉をよく使っているわね」

先生の唇が滑《なめ》らかに動く。

尊は相槌を打ちながら、それを聞いていた。

少し低めの穏やかな声が心地よい。

藤本先生の言葉が途切れると、杜に棲む生き物たちの気配が立ち昇る。

それもまた心地よい。

尊はゆったりとした気持ちで歩を進めていた。

短い沈黙のあと、

「私ね、今よりずっと若かった頃、外宮で自分の命よりも大切な人と別れたの」

藤本先生がぽつりと言った。

「あれからもう十二年も経ってしまったけれど、あんなに悲しい別れは、後にも先にもないと思うわ」

独り言のようにつぶやく。

伯母の小説の話から、突然切り替わったシリアスな話題に戸惑う。

意表を突かれた尊の唇から、

「恋人、ですか？」

咄嗟《とっさ》に言葉がこぼれ落ちた。

言ってすぐに後悔した。相手は自分の担任の教師だ。そんなことを訊ねるのはあまりにもデリカシーがないではないか。

「すみません。余計なことを訊きました。今の言葉は撤回します」

素直に反省を示す。

「今時の高校生らしからぬ言い回しね」

藤本先生は苦笑して、

「恋人ではなくて、子どもよ。手放したときは、五歳だったわ」

視線を落とした。

「え？」

「私は二十歳のときに男の子を授かったの。子どもの父親は、高校のときの同級生だった。とてもやさしくて、でも、弱い人だったわ」

尊は返事に困って黙り込んだ。

「初めは親子三人で一緒に暮らしていたのよ。生活は大変だったけれど、幸せな日々だった。でも、やがて、彼に好きな人ができたの。そして、ある日突然、家を出て行ってしまった。わずかながらあった蓄えもすべて持っていってしまったのよ」

「……そんなことが」

「私の両親は結婚に猛反対だったの。それを振り切って、ほとんど家出のような状態で籍を入れたものだから、今さら実家に頼ることもできなくてね。だから、息子を手放したのは、経済的な理由。この地を選んだのは、神様にお預けしようという気持ちからよ。子どもを置き去りにするなんて、本当はどんな理由があろうとも、許されることではないと今ならわかる。でも、あのときは、私以外の誰かに託す方があの子は幸せなのだと思い込んでいたの」

藤本先生が睫を伏せた。

「ところが、実際に子どもを手放してみたら、後悔の念に苛まれて、それはそれは苦しい日々だった。自死をも考えるような苦しみの中で、私を救ってくれたのは真田さんの小説やエッセイなのよ。言葉は本物の力がある人がそれを使うとき、大きなエネルギーを宿すものだと実感したわ。私には文才がないから作家は無理だけれど、言葉のもつ奥深さを伝える人になりたいと思って、この仕事に就いたの。たどり着くまでにずいぶん時間がかかってしまったけれどね」

藤本先生ははにかむような笑みを浮かべて、歩みを止めた。

「私が毎年この時期にここを参拝しているのは、ちょうど同じ時期に手放した息子へのお詫びと彼の幸せを願うためよ」

藤本先生の横顔が愁いに沈む。

「いいんですか？」

尊はぽつりと言った。

「このままで、いいんですか？　お子さんが今どうしているのか知りたくありませんか？　行方を探さなくていいんですか？」

どうしてだろう。言いながら、かすかに声が震えた。

藤本先生は足元に視線を落としたまま、

「私にその資格はないのよ」

小さな声で、けれども、きっぱりと言った。

「それにしても、不思議な巡り合わせだわね」

尊に目を向ける。

「何がですか？」

「教師になって初めて受け持ったクラスが高校二年生。奇《く》しくも手放した息子と同じ歳の生徒たちだなんて」

「……ああ、確かに」

藤本先生の言葉通り、十二年前に五歳の子どもを手放していたら、確かに、彼は今、十七歳。高校二年生だ。

「教師を志したこと、大学に入学したこと、教員採用試験に合格したこと……、すべてのタイミングが少しでもずれていたら、天堂君たちのクラス担任にはなっていなかったし、陸上部の顧問にもなっていなかったはずだわ」

「そうかもしれませんね」

「私にとって、クラスや部活の生徒たちは息子のようなものよ。たくさんの息子たちに囲まれて、毎日、幸せだわ」

藤本先生が微笑んだ。

尊には、その微笑みが痛々しいほどの悲しみを湛えているように見えた。

生徒は、自分の腹を痛めた子どもではない。

たとえ、教師と生徒がどんなに強い信頼関係を築くことができたとしても、本物の親子の間に通う深い愛情を超えることはできないのではないだろうか。

先生だって、きっとそんなことはわかっているのだろう。

本当は、自分の息子に会いたくてたまらないはずだ。

どうしているか心配で仕方がないはずなのだ。

尊は、部活動中に見た藤本先生の涙が、錯覚などではなかったことを確信した。

「息子さんはきっと幸せにしていると思いますよ」

尊は静かに言った。

なんだか、本当にそんな気がしたのだ。

「ありがとう。私もそう思うわ」

「もしかしたら、いつか逢えるかもしれませんね」

「そうかもしれないわね。あの子、左側の耳たぶの裏に黒子《ほくろ》があるのよ。それが目印」

藤森先生が笑うと、

「その目印は、普通に歩いていたら、かなり確認しづらいですね」

尊も笑みを浮かべた。

「それもそうね」

藤本先生は顔を上げて、ゆっくりとした足取りで歩き出す。

「先生」

尊が背後から声をかけた。

「どうして、自分にそんな大事な話を？」

「本当よね。教え子にする話ではないわね。もしかしたら、神様の『采配』かもしれないわね。今はその答えがわからないけれど、天堂くんに話すことに意味があるのかもしれないわ」

藤本先生が立ち止まって、尊を振り返った。

「俺に話すことに意味がある……」

尊は先生の言葉をなぞりながら、歩き出した。

「この先に豊受大御神が鎮座される御正宮《ごしょうぐう》があるのよ。参拝をしたことはある？」

藤本先生も歩を進める。

「いえ、ここに来たのは今日が初めてです」

豊受大御神は五穀豊穣と衣食住、そして産業を司る神様である。天照大御神を祀る内宮が作られたのはおよそ二千年前。それから五百年ほど経った後に、第二十一代雄略《ゆうりゃく》天皇が、夢で天照大御神から「丹波国《たんばのくに》の比治《ひじ》の真名井《まない》に坐《いま》す我が御饌都神《みけつかみ》、等由気大神《とゆけのおおかみ》を我許《あかり》もが」という神託を受ける。

つまり、当時、丹波国に鎮座していた食事の神、豊受大御神を伊勢の地に呼び寄せるようにという意味である。その神託に基づいて、この地に豊受大神宮を造営されたといわれている。

「それにしても、ここは広いですね。家の神社とはスケールが違う」

尊は辺りを見回して言った。

外宮、内宮も含めて、伊勢神宮の宮域はおよそ五千五百ヘクタール。この広さはフランスのパリや東京都の世田谷区とほぼ同じ面積である。

「神宮は小さな地球であり、宇宙よ」

言いながら、藤本先生は立ち止まって、細い縄で囲まれた長方形の広い土地に目を向けた。玉砂利が敷かれたその土地の奥には、木造の小さな小屋が建っている。

「あの小屋は、神様が今の御正宮へお引っ越しされる前に鎮座されていた場所よ」

「神様が引っ越しを？」

「『式年遷宮《しきねんせんぐう》』といって伊勢神宮では二十年に一度、お社を新しいものに造り替えるのよ。新しいお社ができると、神様はそちらにお移りになるのよ。それを『遷御《せんぎょ》の儀』というの」

「ずいぶん重々しい響きですね」

「遷御の儀は、夜の闇の中で粛々《しゅくしゅく》と行われるのだけれど、絹垣《きんがい》という絹の布に守られて神様が古いお社からお出ましになると、周囲の空気が一変するそうよ。まさに神気立つという感じで。平成二十五年に神様が新宮《にいみや》に向けてお出ましになったときには、とても強い風が轟音をあげて上空を通り抜けたんですって。まるで龍が通り過ぎたようだったらしいわ」

藤本先生がかみしめるように言った。

ふいに、尊の脳裡に幼い日に見た青龍が浮かんだ。

それを振り払うように、軽く息を吐く。

尊と藤本先生はしばし無言で板垣沿いに玉砂利を鳴らしてゆっくりと歩いた。

板垣が途切れ、素木造りの鳥居が現れた。

藤本先生の隣で、尊は鳥居に目を向けた。

素木造りの鳥居は柱の下半分が板垣に接している。鳥居の奥には茅葺屋根の建物があり、中央に白い布が下りている。

茅葺の建物は『外玉垣南御門《とのたまがきみなみごもん》』、白い布は『御幌《みとばり》』と呼ばれている。

ここには一般的な神社にある拝殿がない。参拝者は御幌の前に立ち、奥にある正殿に向かって参拝をするのである。

「簡素で美しい造りですね」

尊は思いを素直に口に出した。

代々続く神社に生を成し、そこで育ってきたからであろうか。尊は同年代の少年たちに比べて、美に対する意識が高かった。特に簡素な造形を好み、中学生のときに修学旅行で京都を訪れたときも、絢爛豪華な金閣寺よりも簡古素朴な銀閣寺に心が惹かれたものだ。

尊は外玉垣南御門の美しく切りそろえられた茅葺屋根に視線を放った。

じっと見つめていると、もう何年も前に根から切り離されて枯れているはずの一本一本の茅が、いまだに静かな呼吸を続け、今在《あ》るこの場所で歓びと誇りをもって生き続けているような気がしてくる。

鳥居の上に拡がる空に視線を投げた。

千五百年という歳月の間には、一体どれだけの人間がこの場所に立ったのだろう。

この空間には、どれだけの祈りと感謝が刻まれているのだろう。

ふと、そんな思いが胸をかすめた。

「さあ、行きましょう」

藤本先生に促されて、一礼をして鳥居をくぐった。

尊が藤本先生と並んで外玉垣南御門の前に立ったそのとき、御幌がこちらに向かってゆっくりと上がり始めた。

前方から流れてくる心地よい涼風が、体をすり抜けていく。

御幌は尊たちの頭上で翻り、静止した。

御幌の向こう側には、玉砂利を配した空間が拡がり、素木造りの鳥居が佇んでいる。

その奥には中央に扉のついた茅葺屋根の建物が見える。

ふいに「祝福」という言葉が頭に浮かび、尊は深々と頭を下げた。

「神風《かむかぜ》よ」

参拝を終えると、藤本先生が小声で言った。

「神風？」

「神様が歓迎してくださっているということ。参拝のときに、風が吹いたり、雨が降ったり、逆に雨がやんで陽がさしたり、あるいは、祈祷が始まったり……。そういうものはすべて、神様が歓迎してくださっているサインよ」

「祖母から聞いたことがあります」

「実家が神社なら知っていることだったわね。知ったかぶりをして申し訳ない」

藤本先生は頬に手を当てて苦笑した。

「神風といえば、とても不思議なことがあったの。昨年の冬に滋賀県の多賀《たか》大社を参拝したときに」

「どんなことが？」

「多賀大社の境内に入ったとたん、本殿の方向から真っ直ぐに風が疾《はし》ってきたの。着ていたコートの裾が翻るほどの風だったにもかかわらず、ふと、右側にある木を見たら、まったく枝が揺れていなかった」

「先生だけに風が吹いたってことですか」

藤本先生は声を出さずにうなずいた。

「当時、いろいろなことが重なって体調を崩しかけていたのだけれど、その風を受けてから、どんどん健康を取り戻していったのよ」

「不思議ですね」

「あの風もまた神様からの歓迎のしるしだったのだと解釈しているわ」

尊は小さくうなずいて、静かに歩みを進めた。

「ここの休憩所で一休みしていきましょうか」

豊受大神宮の入り口にある鳥居まで戻ると、藤本先生は右手にある瓦屋根の建物を指さした。開放的な建物。前方には大きな池が見える。

「あの池は勾玉の形をしているから勾玉池というのよ」

言いながら、一番前のベンチに座る。背もたれのない木製のベンチだ。

尊はふと、隣のベンチに座る一人の若い男に目を留《と》めた。

オフホワイトのTシャツに紺青のハーフパンツ姿。ラベンダーブルーのランニングシューズを履いた足は、程よく筋肉がついてしなやかだ。

ミネラルウオーターを片手に、穏やかな表情で前方を見ている。見覚えのある顔。でも、思い出せない。

「どうかした?」

藤本先生が訊く。

「あの人、どこかで会ったことがあるような気がして」

「あっ！」

藤本先生は、青年の脇に歩み寄り、

「久しぶり！」

肩を叩いた。

若い男が振り返る。

「あっ、あのときの」

尊の喉から、言葉が転げ落ちた。

彼はゴールデンウィーク明けの土曜練習のときに、校庭の外から練習を見ていた男ではないか。

「こんなところで逢うなんて奇遇ねえ。元気だった？」

「何とか……」

その表情は硬く、戸惑いがにじみ出ている。

「無事で何よりだわ」

藤本先生が微笑んだ。

「あの後、間もなくこっちに帰ってきました」

男は礼儀正しい口調で言った。

「帰って来たということは、伊勢に自宅があるの？」

「自宅ではありませんが、幼い頃から育ったところがあります」

「何だか、深い事情がありそうね」

藤本先生が表情を曇らせた。

「ここが好きで、ランニングの途中でよく立ち寄るんです」

「私もここが好きだわ。ランニングは毎朝？」

「そうです」

「走ることが好きなのね」

「走ることだけが好きなんです」

「好きなことがあるのは幸せね」

男は目でうなずいた。

池の向こう側の森から流れてくる風に、男の前髪がかすかに揺れる。

短い沈黙の後、

「俺は幼いときに、内宮の森に捨てられていたんです。気づいたら、五十鈴川沿いにある瀧祭神《たきまつりのかみ》の前に立っていました。それ以前の記憶がまったくない。なぜ自分はここにいるのか、どこから来たのかが全然わからなかった」

男は顔を上げて、藤本先生に目を向けた。

尊はハッとして、男の顔を凝視した。

五歳のときに神隠しに遭った涼と男が重なり、胸の鼓動が急に激しくなった。

「そうだったの」

藤本先生の瞳が涙をたたえる。

「とにかく怖くて心細くて、ただただ泣いていたら、たくさんの大人が集まってきました。その後の記憶は曖昧ですが、最終的には児童養護施設に引き取られたのです。今でも、そこで暮らしています」

尊は息をするのも忘れて、男の話を聴いていた。

「施設ではとても良くしてもらっていました。でも、ずっと淋しかった。本当の家族の記憶は消えてしまったけれど、思い出したかった。逢いたかった。逢って自分を手放した理由を聴きたかった」

男は他人事のように淡々と話した。

「そんな苦しい気持ちを忘れさせてくれたのが走ることでした。中学校では陸上部に所属していましたが、高校生になってからは、部活には入らず、一人で走っています」

「どうして、部活に入らなかったの？」

「独立後の資金のためにバイトをしているので、部活の練習に参加できないからです」

「なるほど」

「毎日、朝と夜に一人で走っていました。ところが、今年に入ってすぐに、足を傷めてしまったんです。個人でエントリーしている大会に向けての走り込みが祟っての疲労骨折でした。走れないというのがこんなに辛いものとは知りませんでした。体を動かしていないと、余計なことばかり考えてしまって、心を病みそうでした。怪我が回復しても、なかなか今までのようには走れなかった。それがまた、自分を苦しめました」

同じランナーとして、尊にはその気持ちがよくわかった。

もっとも、これまで故障で走れなくなったことはなかったが、一度だけインフルエンザに罹《かか》り、高熱で三日間走れなかっただけで、胸が締めつけられるような焦燥感に苛まれたものだ。

「あるとき、ついに自暴自棄になり、現実逃避をしたんです」

「現実逃避？」

「自分の所持金のすべてをもって、施設を飛び出しました。といっても、制服を着て普通に通学するかのごとく施設を出て、列車に乗ったんです。あてもなく乗り継いで、日が暮れる頃、たどり着いたのが、小さな町の駅員さえいない駅でした」

男が勾玉池に視線を投げた。

「どこか野宿できそうなところはないかと探していたら、寂《さび》れた神社に着きました。あまりに疲れていて、着いたとたん、祠《ほこら》の前に座り込んで眠ってしまった。ちょうど、あの日の前夜のことです」

男は顔を天に向けて軽く息を吐いた。

「真夜中に目が覚めたのです。明るい光に起こされました」

「真夜中に、明るい光が？」

尊は思わず訊いた。

「そう。人工的な強い光ではなく、月明かりのようなやさしい光が祠の上に灯っていたんです」

「あなたが来た日の前の晩は曇っていたわね。月は出ていなかったはずだわ」

藤本先生の言葉に、男がうなずく。

「不思議に思って、ぼんやりと光を見つめていたら、頭の中で声がしたんです」

「どんな？」

「『この森を抜けた場所に、出逢うべき人がいる』と。その言葉を聞いて、改めてあたりを見回してみたら、祠の裏に森が拡がっていたんです。気がついたら、光は消えていました」

男は藤本先生に目を向けて、

「信じてもらえないかもしれませんが」

と笑った。

「翌日に目覚めたときには、太陽が高い位置にありました。ふと、前の晩に聞いた声を思い出して、神社の裏の森を抜けたら、学校があったんです」

「それが私たちの高校ってわけね」

男はうなずいて、尊に目を向けた。

「そこで、彼の走りを見ました」

「言い忘れていたけど、彼の名前は天堂尊くんよ」

藤本先生は目を細めて、尊を見た。

「いい走りだった。自然体でのびやかで、体の軸がまったくぶれていなくて。何よりも、その体から放たれる推進力は圧巻だった。自分もあんなふうに走りたいと思ったよ」

男が尊に穏やかな笑みを向けた。

まだ明けやらぬ夜明けの空に、一筋の陽光が射したような笑顔。

けれども、その笑顔はどこか愁いを含んでいるように見えた。

彼の称賛は身に余る言葉だ。

そう自覚しながらも、素直に喜びを表すことができない。

「……どうも」

尊はぶっきらぼうに答えて、軽く頭を下げた。

素っ気ない態度とは裏腹に、心は激しく波立っていた。

この男が涼なのではないか。

先ほど芽生えた思いが一呼吸ごとに膨らんで、いまにも胸が張り裂けそうだ。

「不思議なことに、あの日、目覚めてから足の違和感がすっかりなくなりました。練習を見た帰りに、試しに制服のまま走ってみたら、今までの不調が嘘のように消えていたんです」

「神社の神様の御利益かもしれないわね。あの神社は健脚の神様として地元の人たちに親しまれているのよ」

「そうだったんですか。知らず知らずのうちに足の神様に導かれていたのかもしれませんね」

男は勾玉池の水面に目を向けて、眩しそうに目を細めた。

「ところで、あなたの名前は？」

藤村先生から何気なく発せられた言葉に、尊は息を呑んだ。

もしも、彼が「天堂涼」と名乗ったら、どんな態度を取ればいいのだ。

そもそも、自分に双子の兄がいるという話を聞いてからまだ十日余りしか経っていないのだ。それすら心の中に落としきれていない。

心の準備が、まったくできていないのだ。

尊は全身の筋肉が緊張で固まるのを自覚した。

「俺の名前は悠平《ゆうへい》。苗字は神森《かみもり》です。神宮の森で見つかったから『神森』という苗字をもらいました」

男が静かに言った。

なんだ。そうだったのか……。

彼の名前が「天堂涼」ではなかったことに、尊は安堵し、同時に落胆した。

そしてそんな自分に戸惑った。

「神の森に悠久の平和あり。素敵な名前ね。」

藤本先生はしみじみと言ったあと、

「ところで、苗字をもらったってどういうことなの？」

悠平に向かって首を傾《かし》げた。

「名前をつけてくれたのは、当時の伊勢市の市長と聞いています」

「市長が名前を？」

藤本先生が訊く。

尊は、悠平の横顔に目を向けた。

ということは、出生時につけられた名前は別のものなのか。

「捨て子は保護されたら二十四時間以内に市区町村長に届け出なければならないそうです。届け出を受けた市区町村長は、その捨て子の本籍と姓名を定めて戸籍に記載するという規則があるとか」

「保護されたときに、自分の名前は覚えていなかったんですか？」

尊は確認するように訊ねた。

『この男が涼なのではないか』という疑念が再び心を支配する。

「覚えてない。今でも思い出せない。周りの大人たちはみな『神隠しに遭ったのだ』と言っていた。そのときに、神様に記憶を預けたのだと」

悠平はタオルで額の汗をぬぐって尊に目を向けた。

「……そうですか」

尊は悠平から目を逸らせるように、睫を伏せた。

悠平はちらりと腕時計に目をやると、

「そろそろ帰らないと」

と言って立ち上がった。

「ここであなたに逢えてよかった。これからも、ずっと元気でね」

藤本先生がふいに右手を差し出すと、

「俺も逢えてよかったです。先生もお元気で」

悠平がその手を受けとめて、二人はしっかりと握手を交わした。

藤本先生から離れた悠平の手とまっすぐな眼差しが、尊に向けられる。

男はベンチから立ち上がって、尊に歩み寄り、

「故障に気をつけて」

右手を差し出した。

尊は差し出された右手を見つめてうつむいた。

もしも、この手を取ったときに夢の中で何度も見たあの光が見えたら……。

そう思うと体が固まった。

尊の戸惑いを感じ取ったのか、悠平は差し出した手でさりげなく前髪を整えて、

「じゃあ、またどこかで」

澄んだ笑顔を見せた。

告白

五十鈴川の水面で、午後の陽光がしなやかに躍る。

水面をのぞきこむと、小さな魚たちがのびやかに泳ぎ、水底《みなそこ》では沢蟹が天を見上げて陽の光を愉しんでいる。

目を前方に転じれば、涼やかな森が拡がり、上空を白鷺が横切ってゆく。

尊は清流に手を浸し、水を掴むように指先を動かした。

きめの細やかな水の質感が、心地よい。

尊の後方では、三人連れの年輩女性たちが腰をおろして、談笑しながら景色を眺めている。

伊勢に来てすでに半月が過ぎた。

尊と陽太、そして、昨夜から伯母の家に合流した高空は、内宮の敷地内を流れる五十鈴川のほとりで、それぞれ思い思いの時を過ごしていた。

「おい、尊、小魚ってやつはものすごく身体能力が高いな」

陽太が水面を見つめながら感心したように言った。

「何で？」

「だって、こんなに小さいのに、流されずにここに留まってるんだぜ。どいつもこいつも涼しい顔をしてやがる」

「確かにな。体幹の強さが半端ないんだろうな」

尊も同調する。

水際にいる魚たちの体長は三センチメートルほど。こんなに華奢な体でよく流されずに同じ場所に留まっていられるものだ。

「お前らは相変わらずのんきなことを言っているな」

高空が笑う。

「どこが？」

陽太が真顔で訊く。

「こいつらは、流されない場所を選んで泳いでいるんだよ」

「なるほど」

尊と陽太の声が重なる。

「高ちゃん、さすが大学生。何でもよく知っているな」

陽太が悪びれずに言った。

「釣り好きのじいちゃんに教わったんだ。時々、川に連れ出されてたな」

「兄さんもじいちゃんと釣りに行ってたの？」

尊が声をかける。

高空が在悟と二人で釣りに出かけているというのは初耳だった。

「行ってたといっても、中学生くらいまでだな。それも、年に数回程度さ」

「知らなかったよ」

「俺が暇そうにしていると声をかけてくれてな。じいちゃんは毛鉤《けばり》をたくさん持っていて、それが全部手作りなんだ。毛鉤のクオリティのせいか、針を落とすとおもしろいように釣れたもんだ」

「毛鉤？　じいちゃんが毛鉤を使うところなんか一度も見たことがないよ。俺と行くときはいつも練り餌だ」

「だろうな」

「どういうこと？」

「じいちゃんのことだから、お前と釣りに行くときは、どちらかというと効率の悪い練り餌を使って、なるべく魚が釣れないようにしてくれていたんじゃないのかな」

「何のために？」

　尊の代わりに、陽太が訊いた。

「尊が博愛主義者だからさ。生まれつき生き物に惨《むご》いことができない性質《たち》なんだ」

「さすがじいちゃんだ」

　尊が小声でつぶやく。

　だとしたら、練り餌のつけ方を熱心に教えてくれたのも、自分がその逆をやるであろうことを想定してのことだったのだろう。

尊は視線を落として、小魚たちの動きを目で追った。

魚には魚の命。

樹には樹の命。

水には水の命。

自分には自分の命。

そして、自分にはもう一人、片割れの命がいる。

とりとめのない思いが湧き上がっては消えていく。

「高ちゃん、将来は実家の神社を継ぐんだろう？」

ふいに、陽太が訊くと、

「そのつもりで神道が学べる大学を選んだんだ」

高空は素直に肯定した。

「俺も神職になりたいと思ってる。だから、神道が学べる大学に入って勉強するつもりだよ」

「若いのに珍しいやつだな。実家が神社でもないのに、何でまた？」

「それが自分の生きる道だと思うからさ」

陽太がいつになく真剣な面持ちで言った。

「でも、どこの神社でもいいわけじゃない。伊勢神宮の、外宮に奉職したいんだ」

「そうなることが陽太の使命なら、その願いは必ず叶うだろうな」

高空は水面から一匹の小魚をすくい上げて、陽太と尊に見せた。

「この魚は、ほんのひとときの手の中で泳ぐという使命を持って生まれてきた。だから、今こうしている。他の魚たちにはその使命がないから、この手がすくい上げることはできない」

言い終わると、小魚をそっと川に戻した。

「宇宙の時間に比べたら人の一生なんて儚いものさ。ちょうどあの魚が俺の手の中にいた時間が人の一生みたいなものだ」

「相変わらず高ちゃんの言うことは洒落《しゃれ》てる」

「生まれつき口だけは達者なんだよ」

高空は笑みを浮かべて、尊に目を向けた。

「でも、実は尊の方がずっと洒落てるやつさ」

「俺が？」

「口数が少なくて地味な男だけど、宇宙の仕組みやあっちの世界のことを十分理解できてやがる。頭じゃなくてハートでな」

「そんなこと思ったこともないよ。俺は何もわからない」

「頭ではな。でも、もっと深い場所でわかってるんだ」

「そんなものかな……」

「そう言われてみれば、尊にはどこか神々しい空気があるって感じるときがあるよ」

「陽太にも同じ空気があるぞ」

「俺にも？」

「お前たちは、体を縁取る光の色がよく似ている」

「体を縁取る光？」

陽太の疑問に、

「いわゆるオーラのことさ。兄さんには人のオーラが見えるんだ」

尊が答える。

「ちなみに、俺たちはどんな色の光なの？」

「青翠色に白い光が溶けてる。純粋できれいな彩りだ」

「汚い色じゃなくてよかったよ」

陽太が真顔で言った。

「兄さんは、家が神社だから神職を継ぐの？　もし、家が神社じゃなかったらどうしてた？」

「俺は、陽太みたいに純粋な気持ちからじゃない。家が神社だから神職になるんだ。家族を安心させるために」

「それでいいの？」

「どういうことだ？」

「家のために自分の人生を捧げて後悔しないのかってこと」

現に母の彩は神社に生まれながらにして、神職ではなく書家である。天堂家の婿養子となった清彦も神職には就かず、教職を続けている。

「後悔するかしないか、それればかりはわからんなぁ」

高空は笑顔を浮かべて天を仰いだ。

「でもな、天堂家に長男として生まれた時点で、使命が決まっているような気がするんだ。俺の家に限ったことじゃなく、世襲により家業を受け継いでいく運命にある者には、最初からそれにふさわしい魂が宿るんじゃないかな」

「なんとなく、わかる気がする」

陽太が言った。

「天堂家の長男という宿命をもつ俺は、物心ついた頃から、じいちゃんにたくさんのことを教えてもらったんだ。神社のしきたりから始まって、神様の話やこの世の仕組みなんかについて。最初は理解できないこともあったけど、今では、じいちゃんから学んだことが自分の価値観の柱になっている」

「俺にとってはうらやましい話だ。神職になりたいと言いつつ、まだ何も知らない」

「そうでもないだろう。陽太には、神に仕えるということの本質がわかっている気がするぞ」

高空の言葉に、

「俺もそんな気がするよ」

尊が同調する。

「陽太はどうして外宮に奉職したいんだ？」

高空が問いかけると、陽太は、五十鈴川の流れに目を向けた。

そのまま黙り込む。

水際には入れ替わり立ち代わり多くの参拝者がやってくる。

そのたびに、この場に満ちる清らかな空気がゆるやかにたなびく。

「伊勢の地は俺が幼いときに暮らした街っていうのもあるけど、一番の理由は、外宮の神様に呼ばれたからさ」

「呼ばれた？」

尊が陽太を振り返る。

「そう。呼ばれたんだ。いつからかそう思うようになった」

「どういうことだ？」

「……実は、俺は渡瀬家の家族とは血が繋がっていないんだ」

「嘘だろう？」

驚く高空の隣で、尊は絶句した。

尊と陽太はもう七年来のつき合いだ。互いの家に行き来すること数知れず。もちろん、陽太の家に泊まったことも数えきれないくらいある。傍《はた》から見ていても、陽太の家族はとても仲がいい。一つ屋根の下にいると、両親のみならず祖父母も陽太を心の底から大切に思い、深い愛情を注いでいることがひしひしと伝わってきたものだ。

しかも、それは言葉の端々や仕草のそこかしこににじむさりげない愛情であり、過剰な干渉を伴った押しつけの愛情とはまったくかけ離れたものだった。

いつの頃からか尊は、陽太のおおらかさや明るさ、素直さはこの家庭だからこそ育まれたものだと感じるようになっていた。

「俺の記憶は外宮からなんだ。まだ幼い頃、気がついたら外宮の御厩《みうまや》の前に一人で立っていた。御厩には神馬《しんめ》がいて、やさしい眼で俺を見ていたのを今でもよく覚えている」

「幼子が一人で外宮に来ると考えるのは不自然だから、たぶんそれまで家族と一緒だったんじゃないかな」

高空が神妙な面持ちで言う。

尊は無言で陽太の横顔を見つめた。

それが事実だとしたら、外宮で再会した悠平と同じ境遇ではないか。自分の周りに神宮に置き去りにされた人間が二人もいることが信じられなかった。

悠平と再会したとき、彼が涼なのではないかと疑ったが、もしかしたら、陽太が涼なのか……。

そんな思いが立ち上がったそばから、藤本先生の顔が脳裡にくっきりと浮かび上がってきた。

そういえば、彼女が幼い息子を手放したのは、外宮ではなかったか。

まさか、な……。

尊は混乱する気持ちを消し去るように、ふっと息を吐いた。

「だとしたら、親に捨てられたのかもしれない。あるいは、龍にさらわれてたりしてな」

陽太は尊に目を向けて、笑顔を作ってみせた。

「つまらない冗談はよせよ」

尊は視線を水面に移してぶっきらぼうに言った。

なぜか、泣きたくなった。

陽太は尊の横顔に目を向けて、言葉を続けた。

「そのときに保護してくれたのが、今の両親だ。両親は内宮の近くに住んでいたものの、時間ができるとここまで参拝に来ていたそうなんだ。あの日もいつものように鳥居をくぐり、参道を歩いて御正宮に向かって足を運んでいたらしい。すると、急に二人の前に美しい光の柱が現れたというんだ。その柱がゆっくり動き出して、その後をついて行ったら俺が一人で泣いていたんだって」

「不思議なこともあるもんだな」

高空が言う。

「いい人たちに出逢って幸せだったな」

「両親には子どもがいなかったんだ。あらゆる手立てを尽くしても上手くいかず、いよいよ養子縁組をと考えているときに、俺に出逢ったそうだ。だから、俺を一目見て『この子は神宮の神様が授けてくださった子に違いない』と確信したんだって。普通は迷子を疑うよね」

陽太が笑みを浮かべる。

「とはいえ、そのまま連れて帰ったら誘拐犯になるだろう？」

陽太はそう前置きをして、その後の経緯《いきさつ》を語り始めた。両親に保護された後、児童養護施設で暮らすようになったこと。

そこに何度となく両親が面会に訪れたこと。

そして、特別養子縁組により、正式な親子となったこと……。

陽太は穏やかな表情でゆっくりと言葉を紡いだ。

「ちなみに、特別養子縁組だと、戸籍上に『養子』とは記載されずに『長男』と記載されるんだって。つまり、戸籍上でも親子ってことになる」

「陽太にそんな過去があったとはな」

高空はしみじみと言いながら、ほんの束《つか》の間、尊に目を向けた。

「陽太の記憶は外宮からだとさっき言ってたな」

「そうだよ」

「ということは、それ以前の記憶は何も？」

「精神的なショックによるものらしいんだけど、それまでの記憶がないんだ。自分の家族のことも、自分の名前も覚えていない。でも、何だかとても悲しい出来事があったような気がするんだ」

「そうか……」

高空は前方に目を向けて黙りこんだ。

「信じるか信じないかはお前に任せるけど」

数分の沈黙の後、高空が口を開いた。

「陽太は本来、今の両親のもとに生まれるべき命だったんだ。でも、生まれることができなかったんじゃないかな」

「そういえば、いつだったか母さんが言ってたな。俺が仏壇の中に小さな位牌を見つけて質問をしたときだった。『一度だけ命を授かったことがあるけど、生まれてくることができなかった子がいた』って」

「たぶん、それがお前の魂だったんだ。陽太と今の両親とは深い縁があって、過去生でも何度も出逢っている。ここに生まれてくる前の人生でも親子だったんだよ」

高空は陽太に目を向けて、

「だから、初めて陽太を見た両親が、お前に特別な感情をもったのは当たり前のことさ。出逢うべくして出逢ったんだからな」

「それでだったのか」

「何がだ？」

「初めて出逢ったときに、とてもなつかしい気持ちになったんだ。まるで、ずっと前から知っている人と再会したような……」

「だろうな」

「兄さんはどうしてそんなことがわかるんだよ？」

尊が訊いた。

高空は幼い頃から、周囲の人間には見えない者が見えたり、声が聞こえたりすることが日常茶飯事ではあったが、人の過去生まで見えるとは知らなかった。

「自分でもどうしてそんなことがわかるのか不思議だけどなぁ」

高空が微笑む。

「数学で計算式を解いていてパッと答えが導き出せたときみたいに、急に目の前に映像が見えてくるんだ。その映像の解説も入る。解説はつまり、言葉が自然に頭の中に閃《ひらめ》く感覚だな。おもしろいのはその感覚がとてもリアルで鮮明ってことだな。『もしかしたら、こうなんじゃないか』って何かを想像しているのとはまったく違う感覚なんだよ」

「兄さんにそんな能力があったなんて知らなかったよ」

「『能ある鷹は爪を隠す』ってやつだね」

陽太が高空に尊敬の眼差しを向ける。

「でも、どうして俺は初めから両親のところに生まれなかったんだろう。思い出せないけど、自分を生んでくれた親がどこかにいるはずなんだよな」

高空は空に目を向けて

「すべては必然さ」

静かに言った。

「陽太がそこで生まれて数年間育ち、別れの時を迎える。残された者にはそこで大いに学ぶことがあるはずなんだ」

「どんなことを学ぶの？」

尊が訊く。

「まず、生まれることとで、新しい命を授かる歓びを、その命を育むことでさまざまな苦労と慈愛を、そして、離れることとで大切な人を失う深い哀しみを……。人は経験して初めてその気持ちを学ぶんだ。だから、きっと陽太は、それらの感情を贈り物として、ひと時その家に留まった天使みたいなものさ」

「天使なんて、そんなに洒落たものじゃないけどな」

陽太は水面に手を伸ばし指先を水につけて笑った。

「俺は今の暮らしに満足しているんだ。だから、自分が五歳まで育った家庭のことは思い出さなくていいと思っている。俺にとっての家族はまぎれもなく今の家族だからな」

「そうだな」

笑みを浮かべる高空の脇で、尊は思いつめたような表情でうつむいていた。

自分を生んでくれた親や家族のことを思い出さなくてもいいと言い切る陽太の潔さがまぶしかった。

「ありがとう」

陽太が高空に声をかける。

「何だよ、突然」

「高ちゃんのおかげで、見つけられたよ」

「何を？」

「からくりの答えの一つさ」

「からくり？」

「ここへ来た日に和さんが言ってたんだ。俺がからくりの答えを見つけるかもしれないって」

「からくりって、つまり、人生に起きている仕掛けのことか」

「たぶんね」

陽太は五十鈴川の水面に視線を投げて、

「高ちゃんの超人的な能力で、俺が今の両親のもとに導かれた理由が理解できた。残りのからくりの答えもいずれ見つかるかもな」

目を細めた。

「残りのからくりの答え？」

尊が訊く。

「幼い頃、俺をこの場所に連れてきた存在が何者なのか。そして、俺はどこで生まれた誰なのか。それに、伊勢から今住んでいる場所に引っ越した理由も」

「そうだな。機が熟せば何事も明らかになる。陽太も尊もそのときを楽しみに待ってればいいさ」

高空は立ち上がって、大きく伸びをした。

「さ、行こうぜ。俺たちここに参拝しに来たんだからな」

蒼い夜

煌々《こうこう》と光る満月が、開け放たれた縁側をほの蒼く染めている。

伯母がこの家を空けて、間もなく一ヵ月が経とうとしていた。暦の上ではとうに秋を迎えていたが、日中の残暑は相変わらず厳しい。

けれども、季節は確実に秋に向かっていることを空の色や風の匂いで感じることができた。今も月明かりに照らされた庭のそこかしこから、蟋蟀や鈴虫の声が立ち昇ってくる。

尊と高空は縁側で月を眺めていた。

陽太は小学校時代の友達の家に泊まりに行っていて不在だ。

「たまには月を愛《め》でるのも風情があっていいもんだな」

高空が缶ビールを片手に言う。

「月を見ていると気持ちが鎮まるよ」

尊は碧《あお》い硝子瓶に入った炭酸水を月に翳しながら同調した。

「俺は明日、一足先に帰るよ」

「どっちに？」

「どっちって？」

「実家に？　それとも都内のアパート？」

「実家経由でアパートだな。家族や神様が淋しがっているだろうから。それにしても本当は二、三日の滞在のつもりが、ずいぶん長居をしてしまったな」

　高空は缶ビールを一口飲んで目を細めた。

「こっちでも毎朝走っているんだな」

「どこに行っても朝の洗顔と歯磨きとランニングはワンセットさ。一つでも欠けると気持ちが悪いんだ」

「相変わらずストイックだな」

「まあね」

　尊は苦笑して、高空に顔を向けた。

「一つ訊いてもいい？」

「何だ？」

「俺が小学生の頃、どうして急に『明日から走ろう』って誘ったの？」

「理由を言ってなかったか？」

「たぶん聞いてない」

「先見の明さ」

「先見の明？」

「あの日の夕方、お前が走っているところを見たんだ。俺は友達の家からの帰りで自転車に乗っていた。そのとき、前を走っている子どもがいて、速いのなんの。互いの距離が離れていたこともあるけど、自転車でありながら追いつくのが大変だった。追いついて、振り返ったら尊だったたってわけだ。これは、本格的にトレーニングしたらすごいことになるって思ったのさ」

「そんなことがあったかな」

「忘れたのか？　俺が声をかけたときに、にこにこしながら『今日の夕飯パイナップルカレーだってさ』って言ってたじゃないか」

「まったく記憶にない」

言いながら、尊は夜空を見上げた。

月を覆うようにうっすらと雲がかかり、虹色の輪ができている。

「きれいだ」

尊の言葉に、高空も夜空を仰ぐ。

「月の暈《かさ》と書いて、月暈《つきがさ》っていうんだ。太陽の周りにできる輪は日暈《ひがさ》という。両方を総称して『ハロ』っていったりもする。いずれにしても、空の高いところに発生した巻雲や巻層雲なんかの氷晶に月や日の光が屈折や反射をして見られるんだ」

「詳しいんだな」

「好きなんだよ。空が」

「それは、知ってる。よく父さんにいろいろ訊いてたよな。空のことを」

「訊いてたな」

「二人の話をそばで聞いていて、俺自身も勉強になったことがたくさんあったな。例えば、厚みのある雲は水でできていて、透けるような雲は氷でできているとか、二重の虹は外側と内側で色の配列が逆になっているとか」

「俺のおかげで賢くなって何よりだ」

高空は缶ビールを縁側に置いて、尊に目を向けた。

「母さんから聞いたのか？」

「……涼のこと？」

「お前の口からその名前が出るということは聞いたってことだな」

「聞いたよ」

「どう思った？」

「どうって……。びっくりしたよ」

「だろうなぁ」

「急に自分に双子の兄弟がいるって聞かされたら普通驚くだろう？」

「で、何か思い出せたのか？」

「涼がいなくなった日のことは思い出したよ。あとは伯母さんがうちに来たときのこと。境内で鯉に指をかまれて泣いてる俺を、涼がかばってくれたことを思い出した」

「そうか」

庭の生け垣をすり抜けて、五十鈴川からの川風が流れてくる。

風は尊と高空の輪郭を撫でて奥の座敷を旋回し、行き場を失って動きを止め、紺青に沈む闇に溶ける。

「涼は何かにつけて尊をかばっていたな」

高空が目を細めて笑った。

「お前が大事にしていたアザラシのぬいぐるみを俺がうっかり踏んじまったときもな、涼が目ざとく気づいて、俺の脛《すね》をテレビのリモコンで三発も殴りやがった」

「アザーリーのことか」

尊も笑みを浮かべた。

高空が言っていたアザラシのぬいぐるみは、尊が幼い頃から大切にしているもので、今でもベッドの枕元に置かれいる。

「覚えていないかもしれないけど、あのアザラシは家族で海沿いの水族館に行ったときに買ってもらったものでな、涼はイルカで俺はシャチ。お前はアザラシを選んだんだよ。俺と涼はすぐに飽きてそこらへんに放置していたけど、お前だけは『アザーリー』なんて名前までつけて溺愛していてさ。いつも小脇にかかえていて、暇さえあれば話しかけてやがって、見ていて心配になったわ。俺が踏んだときも『アザーリーが死んじゃう！』とか言って大号泣だったなぁ」

「いいじゃないか。子どもの頃の話なんだから。それを今やっていたら本当に『心配なやつ』だけどさ」

と言いつつも、尊は今でも時々アザーリーに話しかけていた。幼い頃からの習慣はなかなか消せるものではないのだ。

「まあな」

高空は縁側に置かれた缶ビールを再び手に取って口に含んだ。

「かばっていたのは涼だけじゃなくて、お前もさ」

「俺も？」

「いつだったか、お前が昼寝をしているときに、俺と涼は境内で遊んでいたんだ。あのときは『人質ごっこ』をしていて、俺が涼を紅葉の木に縄跳びの縄で縛りつけていたら、お前が目を覚ましてな」

高空が苦笑した。

「縁側からスリッパ片手に裸足で降りてきて、俺の背中にフルスイングしやがった」

「痛そうだなぁ」

「涼が一生懸命に描いた恐竜の絵に俺が味噌汁をこぼしたときなんか、お前の方が大泣きをして、俺の腕をテレビのリモコンでボコボコにしてくれやがった」

「何度も申し訳なかったな」

尊が頭を下げる。

「謝ることはないさ。悪いのは俺だからな。それにしても、うらやましかったよ。お前らを見ていると。互いに相手のことを自分のことのように大事にしていてな。双子の絆の強さってすごいなって思ったものさ」

「兄さんの話を聴いていると、そのときの状況が目に浮かんでくるよ。リアルタイムで記憶が蘇ってくる」

「忘れているとはいえ、もともと自分がもっていた記憶だからな」

「そうだよな。本当はもっとたくさんの涼との思い出が、この頭の中で眠ってるんだろうな」

「逢いたいか？　涼に」

高空が尊の顔をのぞき込む。

「……わからない」

尊は素直な気持ちを言葉にした。

「わからない？」

尊は頬に左手を当てて少し考えるような仕草を見せた。

「父さんの夢によると、俺が涼を見つけるってことだけど、涼がいなくなってからもう十年以上の歳月が経っているんだ。涼が生きているかどうかもわからない。もし生きていたとしても、涼には涼の生活があって、これまでの歴史があるだろう。だから、たとえ逢えたとしても、連れて帰って一緒に暮らすことなんて不可能だと思うんだよ。でも、心のどこかでは、逢ってみたい気持ちもある」

「確かに、涼が生きていたとしたら、すでに自分の居場所があり、生活があるだろうな」

「そういえば、戸籍はどうなっているんだろう」

「涼のか？」

「そう。天堂家の戸籍に涼の名前は残っているのかな。母さんには聞きづらくて聞けなかったんだ」

「確認をしたわけじゃないけど、残っているだろうな」

高空が尊に目を向けた。

「俺が調べたところによると」

と前置きをして、高空がぽつりぽつりと話し始めた。

行方不明者は死亡が認められて初めて、戸籍から名前が消されること。

そのためには、家庭裁判所で失踪《しっそう》宣言を受ける必要があること。

その後、役所に行って失踪者を死亡とみなす失踪届を出すという手続きが必要になること。

失踪宣言を受けられるのは、家出や蒸発は七年間生死が不明の場合、戦争や災害、事故の場合は一年間生死が不明の場合であるということ。

一度、死亡が認められても、その後生存が確認された場合は、家庭裁判所に申請すると、死亡認定を取り消せること。

高空は尊に目を向けながら、ゆっくりと説明をした。

「そうすれば、戸籍から一度消された名前が復活するそうだ」

「ずいぶん詳しいんだね」

尊は感心したように言った。

「俺も以前、お前と同じ疑問を持っていろいろ調べてみたのさ。家の場合、涼がいなくなってから七年以上の月日が経《た》っているけれど、誰も家庭裁判所に出向いている様子もないし、何しろ、全員、涼が生きてると信じているから、戸籍から名前を消したりしていないはずだ」

「でも、涼に、新しい戸籍ができている可能性はあるよね」

「あるな」

「養子縁組とかで」

「そうだな」

尊は高空に視線を送って、

「兄さんは、涼に逢いたい？」

と尋ねた。

「そりゃあ逢いたいに決まっているだろう。どんな男になってるのか見てみたいね」

高空は尊の眼をのぞき込んで、

「お前が涼を見つけるのを楽しみにしてるよ」

穏やかに微笑んだ。

「涼を見つけたとして、その先に何があるのかな」

尊は上体を倒して縁側に横たわった。

目を閉じる。

ふいに、居間の柱時計が十一時を告げた。

「その先にある景色を見ることは、尊と涼にしかできないだろうな」

高空も体を倒す。

「夢を見るんだ。何度も同じ人の」

「どんな夢を？」

「俺も相手も子どもで、手を繋いで走っている夢。夢の中ではいつでもとても愉しくて、とても幸せで、心から安心するんだ。不思議なのは、その子と手を繋いだ瞬間に、必ず翠色のきれいな光に包まれること」

「お前と涼がまだ生まれたてだった頃、二人を少しでも離すと泣きだして大変だったんだ。でも、二人をくっつけるとすぐに泣き止むんだよ。体の一部が少しでも触れていれば落着いて機嫌がいいんだ。その姿を見て幼心に双子というものの結びつきの強さを感じたものさ」

高空は天に視線を放ったまま、

「きっと、夢の中で一緒に走っているのが涼だ」

明言した。

「母さんにも同じことを言われたよ」

「だろうね。実際にお前と涼はしょっちゅう手を繋いで走っていたからな」

「そう言われると、そんなことがあったような気がしてくる。涼の手の感触をこの手が覚えているような……」

尊は右手を月に翳してじっと見つめた。

「一番最近見た夢では、お互いに子どもの姿ではなかったんだ。前を同年代の男が走っていて、俺が追いかけていた。俺が転ぶと、その人が立ち止まって手をさしのべてくれたんだ」

「そのときに、相手の顔を見たのか？」

「逆光でよく見えなかった」

「よくできた夢だな」

高空が笑う。

「その夢が暗示していることは、お前が間もなく涼を見つけるということさ」

尊は月を見上げながらその言葉を聴いていた。

素肌を撫でる夜風が心地よい。

「母さんには聞きそびれたんだけど」

「何を？」

「俺と涼は、一卵性？　それとも」

「一卵性だよ」

「それじゃあ、俺と涼はほとんど同じ容姿をしているってことか」

「それが、そうでもないんだよ。年格好は同じようでも、顔や性格には違いがあったな」

「でも、一卵性は一つの受精卵が二つに分かれたものだろう。二つの受精卵の遺伝子はほぼ同じになるから、性別、血液型も含めて遺伝子的には同一人物になるって習ったけど」

「一般的にはな。だけど、必ずしもそうとばかりは言えないんだ。一卵性でも顔かたちや性格がずいぶん違う場合があるのさ」

「それは、もはや一卵性とは言えないんじゃないかな」

尊が高空の横顔に目を向けた。

「そうなるのは『DNAのメチル化』という現象によるらしい」

「DNAのメチル化って？」

「メチル化というのは、DNAの鎖の所々にメチル基という分子がくっつくことなんだけど、それがついた場所は、遺伝子の働きに変化が表れるそうだ。そうなると、もともと持っていた特性を発揮できなくなるらしい。二つに分かれた受精卵で、多くの異なった遺伝子でメチル化が生じれば、一卵性双生児であっても違った特性をもつようになるそうだ。ちなみに『メチル基』というのは、炭素原子一個に水素原子三個でできた分子のことだ」

「兄さんは、何でもよく知っているんだな」

「尊と涼が一卵性なのにあまり似てないのを不思議に思って、以前、父さんに訊いたことがあったのさ」

「そうだったんだ……」

尊は月を見つめて黙りこんだ。

間もなく天頂に達する月は、その輪郭が虹色の光に縁取られている。

「見事な月光環《げっこうかん》だな」

高空が月を仰ぎながら言った。

「あの日、涼がいなくならなければ、今夜、三人でこの月を見上げていたかもしれないな。子どもの頃みたいに」

「そうだよな」

もし、今ここに涼がいたら……。

そう思った瞬間、自宅の縁側で兄弟三人揃って月を見上げた日の記憶が蘇った。

あれは、夏祭りの夜。

彩が浴衣に着替えるのを三人で待っていたときだった。

夜空は晴れわたり、満月が煌々と輝いていた。

「お月様って、何でできているのかな？」

誰にともなく訊ねると、

「大きな岩の塊だよ」

高空が即答し、

「違うよ。あれは、でっかいグレープフルーツだ」

涼が反論したのだった。
「尊はどっちを信じるんだ?」
高空に訊かれて、迷わず、
「グレープフルーツ」
と答えたら、涼が嬉しそうに肩を抱いてくれたっけ。
「俺と尊は一心同体だもんな」
と笑いながら。
月が滲《にじ》んで、よく見えない。
それが自身の涙のせいだと気づくのに数秒かかった。
この気持ちは何だろう。
悲しみではない。
淋しさでもない。
喜びでもない。
ただあたたかくて、なつかしい。
深い安らぎと切なさを伴う満たされた気持ち。
たぶん、これが「愛しさ」なのだろう。
涼に、逢いたい。
初めて心からそう思った。

今すぐにでも、涼に逢いたい。
双子の兄弟に戻れなくてもいい。
ただ、涼に逢えればそれでいい。
涼の姿をこの目で見られるのなら、もう何もいらない。
尊はあふれてくる涙を堰き止めるように瞼を閉じた。
「きれいな月だ。確かにでっかいグレープフルーツに見える」
高空のかすれた声がずいぶん遠くに聞こえる。
しっとりとやさしい月明かりの下で、兄弟はやがて微かな寝息を立て始めた。

雷鳴

襖越しに青白い稲光が届く。瓦屋根を叩く雨の音が激しい。

時折、雨音を消し去り、天を割るような雷鳴がとどろく。

灯《あか》りを落とした和室で、尊と陽太はそれぞれの荷物の整理をしていた。

「暗くて何も見えん。どうして電気を消さなきゃならないんだよ」

陽太の問いかけに、

「雷が落ちたらどうするんだよ」

尊が真顔で言葉を返す。

「電気つけているくらいで雷が落ちるなんて話は聞いたことがないぞ」

「ここは伯母さんの家だから、万が一ってことがあったら申し訳ないだろう」

「雷が落ちるなんてこと、万が一どころか、百万が一もないと思うけどな」

「昔、じいちゃんが言っていたんだよ。三軒隣の秋本さんの家に雷が落ちて、テレビから火が出たそうだ」

「尊のじいちゃんが言うんじゃ間違いないな。でも、せめて蝋燭《ろうそく》かなんかつけようぜ。どこかにないかな?」

「確か、洗面所にアロマキャンドルがあったな」

「それでいいや」

陽太は洗面所から、ガラスのコップに入った薄紫色のキャンドルを持ってきた。和室の床の間にあった燐寸《まっち》で火を灯すと、ほのかにラベンダーの香りが拡がった。

「和さん、明日の何時頃帰ってくるの？」

陽太が訊く。

「昨日の電話では、明日の夕方には帰るって言ってたな」

「明日で八月も終わりだな。土日を挟んで二学期が始まるのが九月三日の月曜日からだから、明後日に帰れば学校は間に合うな」

「ひと夏ずっとこっちにいたんだな。こんな夏は初めてだ」

「まったくだな。部活もバイトもせずに遊んで暮らせたのも和さんのおかげだ。ありがたいよなあ。留守中の生活費を置いていってくれて」

和が高千穂に旅立った日、居間の卓袱台《テーブル》の上に「留守番の報酬」と朱書きされた封筒が置かれていた。封筒の中には現金十万円と、色とりどりの花火が散らされた便箋に「足りなくなったら一報せよ。へそくりの場所を教えます」という言葉が添えられていた。

尊と陽太はおおいに恐縮し、できる限りの節約を心がけた生活を送ったので、封筒の中にはまだ半分以上の現金が残っていた。

「部活をしないでいられたのは、藤本先生のおかげだけどな」

「藤本先生はすばらしい先生だ。八月の部活を自主練にしてくれるなんて神だよ」

「陽太が自主練をしているところを一度も見てない気がするけど」

「俺は人の見ていないところでやっているんだよ。人知れず爪を磨いているのさ」

「爪？」

「能ある鷹は爪を隠すと言うだろう」

「好きだなあ、そのことわざ。兄さんと内宮の五十鈴川に行ったときにも言ってたぞ」

「そうだったかな」

尊は陽太の言葉が嘘ではないことを知っていた。

実際目にしたことがないのは事実だったが、尊が毎朝のランニングから帰ると、いつも陽太の姿はなかったし、毎晩八時近くになるとふらりと家を出ていくのもおそらく走りに行っているのだろう。そうでなければ、こんなに引き締まったしなやかな体を維持できるはずがない。

「藤本先生といえば、こっちに来て会ったよ」

「本当かよ？　いつ？」

「伊勢に来て一週間くらい経った頃かな。朝のランニング中に外宮に立ち寄ったときに偶然会ったんだ」

「で？　話はしたの？」

「一緒に参拝したよ」

「お前、ズルいぞ」

「ズルい？　何で？」

「藤本先生とデートなんかしやがって」

「デートなんかじゃないよ。あえて言うなら修学旅行の引率的な印象だったな」

「それなら許す」

「藤本先生のファンだったのかよ？」

「ファンっていうのとは違うけど、なんか、そばにいると安心するんだよな」

「それは、俺も同感だね」

尊は苦笑してスポーツバッグのファスナーを閉めた。

「そういえば、藤本先生に会ったときに、あの男にも会ったよ」

「あの男？」

「ほら、ゴールデンウィーク明けの土曜練習を見学していた男だよ」

「おー！」

陽太は目を瞠り、

「それにしてもどうして外宮にあいつが？」

「外宮にいたのは、こっちが地元だからって」

「地元？」

「幼い頃に内宮で保護されて、今でも児童養護施設で暮らしているらしいんだ」

尊がためらいがちに言うと、陽太は急に神妙な表情を見せた。

「俺の境遇とシンクロしているじゃないか。名前は、あの男の名前は聞いたのか？」

「神の森に悠久の平和。神森悠平というらしい」

「神森、悠平……？　あいつ、悠平だったのかよ！　そう言われてみれば何となく面影がなくもないな」

「知ってるの？」

「俺が施設に預けられているときに、一緒にいたやつさ」

「本当に？」

「ああ。間違いない。悠平とは施設で一番仲がよかったんだ。正義感が強くて、やさしいやつだった」

陽太はアロマキャンドルの炎を見つめながら、懐かしそうに言った。

「悠平はまだ施設にいるのか……」

独り言のようにつぶやいた。

「ああ。そう言ってた」

「じゃあ、ずっと孤独だったんだな。もちろん、あそこには職員もいるし仲間もいるけど、家族じゃないんだ。だから、親身になってくれることはあっても、本当に苦しいときに一緒に死んでくれるほどの深い愛情を感じることはないような気がするよ」

「本当に苦しいときに一緒に死んでくれるのが、深い愛情かどうかは何とも言えないけどね」

「珍しく揚《あ》げ足を取ってくるねぇ」

陽太は笑みを浮かべて尊を見た。

「そんなつもりじゃないよ。ただ、思ったことを言っただけさ」

尊は立ち上がって、襖を開けた。

縁側に胡坐《あぐら》をかいて、庭に視線を放つ。

行き場を失くした雨水で、庭一面が池のようになっている。

「こんなときに、蟋蟀や鈴虫たちはどうしているんだろうな」

「木や草にしがみついて流されないようにがんばっているに決まっているだろう」

陽太も縁側に出て、尊の隣に座った。

「でも、流されて命を落とすものもいるだろう？」

「たぶんな」

「人生のあるときにたまたま同じような境遇にあったとしても、その後の人生は人それぞれなんだよな」

「俺と悠平のようにな」

「不思議だよな」

「何が不思議なんだよ？」

「すべての人が違う人生を歩んでいることが」

「そんなの不思議なことじゃなくて、当たり前のことだろう」

「それはそうなんだけど、同じような境遇にあってもその後の人生が変わるとき、その方向性を決めるものは何なんだろうって思ったんだよ」

「運命さ」

「じゃあ、その運命を操っているのは？」

「自分自身の意志と周りの環境。それに、なにかとてつもなく大きな力ってとこかな」

陽太は縁側の床に目を落として、

「見てみろよ」

ささやくように言った。

陽太が指さした場所には、線の細い華奢な虫がいた。眼を凝らして見ると、褐色のその虫は、まだ成虫にはなりきっていない蟋蟀だった。

「この体じゃあ、外にいたら今頃は生きていなかったかもしれないぞ。運のいいやつだ」

陽太が蟋蟀に手をさしのべる。

蟋蟀は陽太の手から逃れるように跳ねて、尊の膝に乗った。

そのままじっと動かない。

「お前にはそういうところがあるよな」

陽太の頬が緩む。

「どういうところさ？　虫に好かれるってこと？」

「それも含めて尊には、そばにいる命を安心させる特別な何かがあるんだ。だから、お前の周りはいつも穏やかなんだよ」

「この蟋蟀かどうかはわからないけど、何日か前に、この家の洗面所に子どもの蟋蟀がいたんだ」

「それで？」

「庭に放してやろうと思って、何度も捕まえようとしたんだよ」

「捕まえられたのか？」

「だめだった。最終的には洗面台と壁の隙間に逃げられた。そのときに、とても、空《むな》しくなった」

「蟋蟀を捕まえられなかったくらいで、くよくよすることはないだろう」

「捕まえられなかったから、空しいんじゃないんだ」

「それじゃあ、何が空しいんだよ？」

「助けようとしている気持ちが伝わらなかったことが空しかったんだ。こんな閉鎖的で暗い場所じゃなくて、広い外の世界に連れて行ってやりたかったのに、それがわかってもらえなかったってことが」

「相手は蟋蟀だぞ。そんなことが伝わるわけがないだろう」

陽太は一瞬言葉を切って、

「って言いたいところだけど」

尊に目を向けた。

「伝わるときは、こちらの思いは蟋蟀にも届くはずだ」

「それじゃあ、どうしてあのときは伝わらなかったんだろう？」

「伝わらなかったんじゃないんだ。蟋蟀が選んだんだよ。洗面所にいることを」

「蟋蟀が、選んだ？」

「虫に対してだけじゃない。すべての生き物に対して、『助けたい』という思いは、ときにエゴになることもあるのさ。きっと、その蟋蟀はこの家の洗面所が、最も安全な自分の居場所なんだ。だから、そのまま、命を終えたとしてもそれで幸せなんだよ。もしも、外の世界に戻りたいという思いがあれば、自分からお前の手の上に跳び乗ってくるさ」

「でも、どんな蟋蟀でも人間が手を出したら、命を狙われていると思って逃げるんじゃないかな」

「命を狙っているときの手と、助けようとしているときの手の違いを蟋蟀が見極められないとでも思うのか」

「少なくとも俺自身は、瞬時に見極められるな」

「それと同じことだ」

陽太は笑いながら縁側の硝子戸を開いた。

濃密な雨の匂いが流れ込んでくる。

「ありがとな」

陽太がぽつりと言った。

「何がだよ？」

「ここに来ることを誘ってくれて」

「見知らぬ土地で一人きりで過ごさなくてすんで、俺のほうこそありがたいよ」

「だよなぁ。でも、お前のおかげで楽しい夏になったよ」

「俺もだ」

「伊勢海老を食わしてもらってないことだけが心残りだけどな」

「そういえば、ここに来る前にそんなことを言ってたな」

尊と陽太は視線を合わせて微笑んだ。

雨足は極期を越えて、いくぶん穏やかになってきた。

雨音の向こう側から、五十鈴川の水音が届く。

尊は満たされた気持ちで軽く目を閉じた。

「なあ、尊」

しばらく黙りこんでいた陽太が声をかける。

「ん？」

尊はゆっくりと目を開いて陽太に顔を向けた。

「涼に逢いたいか？」

「……どうかな」

思わず曖昧な言葉を返した。

高空と月を眺めた夜に、自分の正直な気持ちと出逢った。

涼に逢いたい。

心の底からそう思った。

でも、それを陽太に告げることになぜか抵抗を感じていた。

「冷めたやつだな。涼は双子の片割れなんだろう。尊の命が芽生えたときに、一番そばにいたやつだぞ。顕微鏡で見なければ確認できないような小さな細胞だったときから、人の形になるまで共に歩んできた唯一無二の存在なんだぞ」

陽太が説き伏せるように言葉を並べる。

「どうしたんだよ？　いつもと様子が違うぞ」

陽太は何も答えない。

雨音、そして、五十鈴川の水音だけが世界を満たす。

そこにある、どこか不安定な律動。

音に満たされた静けさの中で、せめぎ合う調和と不調和。

こんな空気が二人の間に横たわったことがあっただろうか。

尊は息苦しさを覚えて、陽太の横顔から視線を外した。

「……もしかしたら俺が『涼』かもしれないな」

数秒後、陽太がぽつりとつぶやいた。

瞬間、尊は心臓がぎゅっと縮んだ気がして胸に手を当てた。

「この家に来た日に、お前が涼の話をしただろう？」

「……したな」

「あのときに、ふと、自分が涼なんじゃないかって思ったんだ。俺は、幼い頃に龍にさらわれて、外宮に置き去りにされたんじゃないかって」

あの日、庭に視線を放った陽太の横顔が脳裡に蘇る。

普段は決して見せないような愁いを湛えていた横顔。

あのとき、陽太はそんなことを考えていたのか。

「あの日、和さんが言ってただろう？　俺が、今住んでいる街に引っ越してきたのは、尊に逢うためかもしれないって」

「……言ってたような気がする」

今までずっと親友だと思っていた陽太が、もしかしたら、自分と血を分けた双子の兄弟かもしれない。

それは陽太の幼少期の境遇を聞いたときに、一瞬胸を過った思いではあった。

陽太も同じ疑念を抱いていたとは。

陽太が、涼。

だとしたら……。

尊は視線を落として、自分の右手を見つめた。

この手が陽太と繋がったときに、翠色の光が見えるのだろうか。

そう考えただけで、胸の鼓動が速くなる。

苦しい。

雨の匂いをふんだんにまとった夜気が、熱をもった軀《からだ》を包み込む。

しばしの沈黙の後、

「どっちでもいいよ」

尊は静かに言った。

「どっちでもいい？」

陽太が同じ言葉を繰り返す。

「陽太が涼かどうかなんて、どっちでもいい」

開いていた右手を握りしめて、陽太に目を向ける。

「陽太は陽太だ。俺が俺であり続けるように、陽太は陽太であり続ければいいんだ」

陽太は一瞬、落胆したような表情をのぞかせたが、

「そうだな。俺には俺の家庭がある」

すぐに笑顔を見せた。

「安っぽい不倫ドラマみたいな台詞だな」

「その言い方は不倫ドラマ作りに携わっている人たちに失礼だぞ。好きで安っぽくしているわけじゃないんだぞ。ただ単に才能が欠如しているから安っぽくなってしまうだけなんだからな」

「お前の方がよっぽど失礼だ」

「そうか？」

尊と陽太は視線を合わせたまま微笑した。

「これから先も、俺たちはそれぞれの場所で、それぞれの人生を歩んでいくんだよな」

陽太が言った。

「そうだな」

「お互いが年をとってじいさんになったとしても、俺たちの関係はこのままずっと続いていく気がするよ」

「俺もそんな気がするよ。たぶん俺たちは一生付き合っていくんだろうな。だから、このままで充分だ」

言い終わると、尊は睫を伏せた。

先ほど、膝の上にいた蟋蟀はいつのまにか姿を消していた。

「そうだよな」

陽太は小さくうなずいた後、

「でも、一度だけ呼んでみてくれないか？」

尊に真剣な目を向けた。

「……涼って」

尊は返事に困って黙り込んだ。

「嫌か？」

「そうじゃないけど、何だか怖いんだ」

正直な気持ちだ。

陽太を「涼」と呼んでしまったら、陽太が陽太でなくなってしまうような気がする。と同時に、涼の存在すらも遥か遠くに離れていくような気がする。

「俺も怖いさ」

陽太が庭先に視線を放って言った。

「お前が俺を『涼』って呼んだとき、自分が自分でなくなりそうで怖いよ」

「じゃあ、どうして？」

「それでも確かめたいんだ。自分が本当は何者なのかを。どこから来た誰なのかを」

「俺が呼べば、それが確かめられるのか？」

「正直言って、呼ばれてみないとわからない」

陽太の目が尊に向けられる。

真っ直ぐな眼差し。

そこには有無を言わせぬ強さが滲んでいた。

「わかったよ」

尊は目を閉じて呼吸《いき》を整えた。

言葉が喉の奥に詰まって、なかなか出てこない。

それを絞り出すように、陽太に呼びかけた。

「……涼」

誰かに向かってその名を呼びかけるのは十二年振りだ。

それまでは、一日に何度も呼んでいたであろう名前。

だからであろうか。

言葉にしたとたん、胸の奥から、あたたかいものがこみ上げてきた。

尊は、思いがけずあふれそうになる涙をこらえるように天を仰いだ。

あたたかさに満たされた気持ちとは裏腹に、自分の口から発せられた「涼」という名前そのものは、陽太をすり抜けて、無機質な虚空に溶けていった。

消えゆくその残像さえ見えるような、そんな気がした。

「涼」と呼びかけてみて確信した。

陽太は、涼ではない。

それが、嬉しかった。

陽太が今までと何一つ変わらない存在として、自分の隣にいてくれることが、何よりも嬉しかった。

陽太からの返事はない。

時間《とき》は二人の間で動きを止めて微動だにしない。

その質感を素肌で感知できるような、芳醇な沈黙が少年たちを包み込んだ。

「ありがとう」

ふいに、陽太が独り言のように言った。

身動《みじろ》ぎもしなかった時間《とき》が、再び静かに流れ始める。

「なんだか他人事《ひとごと》みたいな気がするよ」

陽太が尊に笑いかけると、

「俺も何だか変な感じだよ」

尊も笑みを返した。

「やっぱり、お前は『陽太』って名前が一番しっくりくる」

「だよな」

陽太は軽くうなずき、

「また一つ、からくりの答えを見つけたよ」

頬を緩ませた。

「どういうことだよ?」

「俺が今住んでいる街に引っ越してきたのは、やっぱりお前と出逢うためだ。双子の兄弟としての再会ではなく、生涯の友として出逢うために、遠い伊勢から一家を引き連れてはるばるやってきたのさ」

「大げさだな。聞いてて恥ずかしくなってくる」

「俺も言ってて恥ずかしいわ」

陽太は尊の肩を抱いて、

「明日の朝、一緒に走らないか？　夏休みのラストランだ」

朗らかに提案した。

「いいね。走ろう」

尊が満面の笑みを返す。

いつしか雨は止み、蒼白い雷光が遠くの空で微かに瞬いていた。

神風

八月最後の太陽が、まだ眠たげな街を華やかに染める。

尊と陽太は肩を並べて、おはらい町の石畳を内宮方面に向かって走っていた。

おはらい町の通りには、切妻《きりづま》造りや入母屋《いりもや》造《づく》りの情緒ある建物が並んでおり、その大半は土産物屋や食事処の店舗である。

日中はたくさんの観光客で賑わっているが、早朝である今は人影もなく閑散としている。

二人はほんの数分前に伯母の家の庭でストレッチをしながら、今朝走るコースを打ち合わせたばかりだ。


「今日が伊勢最後の日だから、まず内宮を参拝しよう」

と提案したのは陽太。

「そうだな」

「参拝の後は御幸道路を走って、宇治浦田町の交差点を右折。その先の浦田《うらた》橋を渡って、五十鈴公園に向かうというのはどうだ？　そのまま公園内の競技場の前でUターンして五十鈴川駅を経由して帰ってくるってとこかな」

「了解」

尊は数分前のやり取りを思い出して苦笑した。

「何を笑ってるんだ？」

陽太が、すかさず声をかける。

「今朝のことを思い出してた」

「今朝？」

「陽太が『走るコースの打ち合わせをしようぜ』って言ったときのことさ」

「それがどうしたんだ？」

「コースを決めたのはお前で、俺は同意してただけだったなって」

「何だ。そんなことか。不満があったら、今からでもコース変更していいぞ」

陽太が笑みを浮かべる。

「違うんだ。なんだか自分がおかしくなった」

「自分がおかしい？」

「俺はいつも受け身な人間なんだなって、今さら気づいたんだ」

「受け身っていう言い方は正しくないな。尊は受け身なんかじゃなくて、柔軟性があるんだよ。それが個性《キャラ》なんだから、自分で自分を笑うのはよせ」

「笑ってはいないけどな」

「笑ってただろうが」

「言われてみれば」

「まだ寝ぼけてるんじゃないのか」

「安心しろ。もうすっかり目が覚めてる」

「どうだか」

少年たちは笑い合いながら、石畳の通りを抜けた。

尊は足を止めて、目の前に現れた素木造りの鳥居を見上げた。鳥居の向こう側には、やはり素木造りの橋がかかっている。人間が住む俗界と神様の住む神域を結ぶ掛け橋といわれる宇治橋《うじばし》である。

「ここからはランニングは小休止だな」

陽太が鳥居に視線を向けて言う。

「そうだな」

尊と陽太は並んで深く一礼をすると静かに鳥居をくぐった。

宇治橋の長さはおよそ百二メートル。幅は八メートルほどある。橋の出口にも、やはり素木造りの鳥居が佇んでいる。

「子どもの頃から、もう数えきれないくらいここを渡っているけど、こんなことは初めてだよ」

橋の中央付近で、陽太が尊に目を向ける。

「何が？」

「宇治橋に誰もいない」

「朝早いからじゃないのか？」

「早くても、たいてい誰かしら歩いているものさ。早朝参拝の清々しさは格別だからな」

「そんなものかな」

尊は朝日を受けて映える檜造りの橋を見回した。

「夕べの雨でいつもより水が増えてるな」

陽太が欄干越しに五十鈴川を見下ろす。

尊も陽太と並んで五十鈴川の流れに目を転じた。

川には六本の柱のようなものが立ち上がっており、橋に寄り添うように横一列に並んでいる。

木除《きよ》け杭《くい》である。

台風などで川の水が増水した際に、流木などを食い止めて宇治橋を守る役目がある。

前方に拡がる神路山《かみじやま》を水源とする清流の流れは、思いのほか速い。水の流れを見ていると、自分もその流れの一部になったような気がしてくる。

じっと見つめていると、流れに引き込まれてしまいそうだ。

尊は軽い恐怖感を覚えて、視線を宇治橋に移した。

同じタイミングで、一羽の白鷺が橋の上空に現れた。

白鷺は、尊たちの頭上をかすめ、五十鈴川の上流方面へと向かう。純白の翼が朝の陽光を弾いて神々しく輝いている。

「きれいだな」

尊がつぶやくと、

「白の魔法だな。どんなに美しい色彩も白にはかなわない。白がもつ純粋さと崇高さは格別だ」

陽太も白鷺を目で追いかけながら言う。

「たぶん、白には浄化作用があるんだろうな。だから、見る者の心をクリアにする」

「それは間違いない」

「空気がうまいな。もう秋の匂いがする」

尊は深く息を吸った。

「それにしても今年の夏は暑かったな。このまま秋が来ないんじゃないかと不安になったけど、地軸が傾いていてくれてよかったよ」

「まったくだな。季節が巡ってくれてありがたい。このままずっと猛暑が続いたら体がもたん」

陽太は眉をひそめて笑った。

「同感だな」

尊も首筋を流れる汗を手でぬぐいながら笑った。

「おい、見てみろよ」

ふいに、陽太が五十鈴川の流れを指さした。

尊が目をやると、流れの中に青い影のようなものが見えた。

影は縦に長く、幅は二、三メートルほどだろうか。前方に見える先端部分は細くなっている。反対側は橋の影に隠れて確認することができない。

その影は川の流れに乗ることなく、その場所から動かない。

呼吸でもするかのようにわずかに揺らぐその姿を見ていると、体を撫でる水流の感触を愉しんでいるかのように思えた。

「ずいぶん大きな魚がいるものだな」

尊が感心したように言うと、

「こんなに大きな魚が川にいるわけがないだろう」

陽太があきれたような表情を見せた。

確かに陽太の言うとおりである。

尊は、水面に据えていた視線を天に放った。

空はすっきりと晴れ渡り、雲一つない。もちろん、水面に影を落としそうなものは何一つ見当たらない。

「上の何かが映っているわけでもなさそうだな」

陽太も空を見上げながら言った。

「そうだよな」

尊は再び水面に目を落とした。

陽太もそれに従う。

二人は微かに揺れている青い影をじっと見つめた。

数秒後、前方の流れが大きく揺らぎ、水面から青緑色の何かが姿を見せた。

尊はとっさに橋の欄干に掴まって身を乗り出した。

「龍だ」

陽太が声を殺して言った。

「ああ、龍だな」

尊も小声で言った。

不思議と驚きはない。

水面に青緑色の龍が浮かび上がる。

龍は尊と陽太を横目で見ながら、内宮の森の上空に昇って行き、空の碧《あお》さに溶けるようにして消えた。

龍が姿を消す瞬間、尊の頭の中で声が響いた。


『機は熟した』

尊は龍が消えた上空を見上げている陽太の横顔をちらりと見た。

「今、何か声がしなかったか？」

空を仰いだまま陽太が言った。

「どうかな……」

尊は陽太の横顔に向かって、

「どんなふうに聞こえたんだ？」

と訊いた。

「低い唸り声のような感じだったな。何て言ってたのかは判別不明だ」

「そうか」

尊は小声で言った。

自分が感知した声については、あえて言わずにおいた。

「龍神様は神様の使いだ。きっと何らかの意図があって現れたんだろう。ここに誰もいない時間を作って」

「誰もいない時間を作って？　誰もいない時間を見計らってじゃなくて？」

「そうさ。作ってくれたんだ。いわゆる『人払い』ってやつさ」

「どうしてそんなことがわかるんだよ？」

「理屈じゃなくて、感覚的にわかるんだ」

陽太が尊に目を向ける。

「もしも、ここに大勢の人がいたら龍神様は現れなかったのかな」

「俺なら現れない方に一万円賭けるね」

「意外と掛け金が小さいな」

「当たり前だろう。賭け事というのは所持金を考慮して行うものだ。自分や相手が持ってもいないのに百万円賭けるわけにはいかないだろうが」

「堅実だな。尊敬する」

「ありがと」

「それにしても俺たち、傍《はた》から見たら変な高校生だよな」

尊がしみじみと言った。

「どうしたんだよ？　いきなり」

「だって、真顔で龍神様や神様の話をしているんだぞ」

「俺たちはそういう巡り合わせなんだから、それでいいんだ」

陽太がきっぱりと言った。

「例えば、それまで平凡に生きてきた人でも、ひとたびＵＦＯを目撃しようもんなら、人と会えばＵＦＯの話ばかりして、暇さえあればスマホを構えて空を見上げっぱなしになるさ」

「なるほど」

「そういうもんだ」

陽太は大きく息を吐いて、

「行こう」

ゆっくりと歩き出した。

尊は陽太の少し後方を歩いた。

ほんの数メートル歩いたときに、参拝を終えたらしき数人の人たちが、橋の向こう側から姿を見せた。振り返ると、尊たちの後方にもちらほらと人が歩いている。そのさらに後ろには、スーツ姿の男性に先導される十数人の集団が見えた。

「これが、この時間の本来の姿さ」

陽太が尊を振り返って笑った。

宇治橋を渡り、細かな玉砂利を敷き詰めた広い参道を歩く。

右手には芝生の上に松の樹が立ち並ぶ庭園が拡がっている。

前方からは穏やかな朝風が流れてきて、何とも心地よい。

「この庭園は神苑《しんえん》というんだ。この辺りには、明治時代の中頃まで民家が立ち並んでいたそうだ」

「今ではまったくその面影がないな」

神苑を抜けると、小さな橋が現れた。

肩を並べて、橋に足を踏み入れる。

「この下を流れる細い川は溝川《みぞ》。防火用の川で、そこに架かる橋だからこれを『火除橋《ひよけばし》』という」

「何だか空気が変わったな」

尊は橋の上で、辺りを見回した。

開放感のあった神苑とは景色が変わり、参道の両脇には丈高の樹々が茂っている。

参道を渡る風に、樹木の枝葉が涼しげな音色を奏でる。

「この間、兄さんも一緒だったときには、空気が変わったことに気づかなかった」

「あのときは昼過ぎだったし、三人で話しながら歩いていたからな」

陽太は深呼吸をして、

「やっぱり、早朝の空気は格別だ」

目を閉じた。

尊も深く息を吸い込んで、

「うまい」

しみじみと言った。

橋を渡ってすぐ右手にある手水舎で手と口を浄める。

そのまま森の中に佇む鳥居をくぐり、右側に下りて行くと、石畳の階段の先に五十鈴川御手洗場《みたらし》がある。以前、高空を交えた三人でくつろいだ場所であり、陽太の過去を初めて聞いた場所でもある。

御手洗場へと続く石畳は徳川家五代将軍綱吉《つなよし》の母親である桂昌院《けいしょういん》が寄進したと伝えられている。

「この川のせせらぎの音が『いすす、いすす』と聞こえたことから『五十鈴川』と呼ばれるようになったそうだ」

言いながら、陽太は五十鈴川の水に両手を沈めた。

「そうなんだ」

尊も水流に手をさらして、目を閉じた。

耳を澄ます。

「俺の感性で唯一わかるのは、兄さんと来たときより、水流に勢いがあるってことだな」

「それは、夕べの雨のせいだ」

陽太は笑みを浮かべて、

「次は瀧祭神《たきまつりのかみ》だな」

ゆっくりと歩き始めた。

「瀧祭神の御神体は、石畳の上に据えられた石なんだ」

石畳を上がって、森の中の細い道を右側に入るとすぐに数段の石段がある。その上に玉垣《たまがき》に囲まれた小さな社《やしろ》が佇んでいた。

五十鈴川の水音と小鳥たちの囀りが心地よい調和を織りなす。

「瀧祭大神《たきまつりのおおかみ》は五十鈴川を守る川の神様だ。地元の人たちからは『おとりつぎさん』と呼ばれていて、天照大御神に願い事を取りついでくれると言われている」

陽太は尊に目を向けて、

「瀧祭大神は、内宮の龍神様だと聞いたことがある」

小声で言った。

「内宮の、龍神様」

陽太の言葉をなぞってみる。

ふいに、外宮で再会した悠平の姿が脳裡をかすめた。

幼い日、彼はこの場所に独りぼっちで立ち尽くして泣いていたのだ。

どんなにか心細かっただろう。

怖かっただろう。

そんな思いがこみ上げ、目の奥が熱くなった。

他人事なのに、どうしてこんなに心が揺れるのか。

尊は目を閉じて、軽く息を吐いた。

「なあ、尊」

陽太が小声で呼びかける。

「どうした？」

「思い出したんだ。夕べ」

「思い出したって？」

「自分のルーツさ」

天を仰ぐ。

「お前が眠った後に、失くしていた記憶が蘇った。御厩の前で泣いていた日の」

「記憶が蘇った？」

尊は息を止めて、陽太の横顔を見つめた。

「俺を外宮に連れてきたのは、龍じゃなくて人間だ。若くてやさしい人。たぶん、俺の母親だ」

「どうして、その人が母親だとわかったんだ？」

声がかすれる。

「俺が『お母さん』って呼んでたからだよ。あの日、俺は母親に連れられて外宮に来たんだ。参拝をした後に、御厩の前で神馬を見ていたときに、ふいに、母さんが『ハンカチを落としちゃったから見つけてくるね。すぐ戻ってくるから、ここで待っているのよ。絶対に動いたらダメよ』って言ったんだ。そのときに、俺は神馬に夢中で母さんについて行かなかった」

「お母さんはそれきり戻って来なかったんだね」

陽太がうなずく。

「ずいぶん経ってから、俺は急に心細くなって、声を上げて泣いた。でも、母さんと約束をしたから、決してその場所から動かなかったんだ」

「お前らしいな」

「母さんには、きっと、俺を手放さなければいけない深い事情があったんだろう。和さんいわく『日本中で最も尊い場所』に俺を託してくれたこともやさしさだと思うんだ。現に、俺は神様の采配で今の家族と出逢い、ものすごく幸せに暮らしている」

陽太は目を細めて、空を見上げた。

「あまり、いい思い出とは言えないけれど、思い出せてよかったよ。俺を外宮へ連れてきたのは、俺の母親。そして、俺はその母親の息子ってことがわかっただけで満足だ。これで、すべてのからくりの答えが見つかったな」

「……逢いたくないのか？」

「母親に？」

「ああ」

「自分でも、よくわからないよ。でもな」

「でも？」

「笑っちゃうのが、思い出した母親の顔が藤本先生にそっくりってこと。ま、今の先生の方が老けてるけどな」

陽太の口元がほころぶ。

「私ね、今よりずっと若かった頃、外宮で自分の命よりも大切な人と別れたの」

外宮で聞いた藤本先生の言葉が鮮明に蘇り、尊は呼吸《いき》を止めた。

「まさか、そんなこと……」

思わず言葉がこぼれる。

「だよな」

陽太は笑みを浮かべて、石段を踏みしめた。

「陽太」

尊は足を止めて、呼びかけた。

「み、耳たぶの、後ろを見せてくれないか？」

藤本先生の話では、息子の左側の耳たぶの裏には黒子があるはずだ。

「は？　急にどうしたんだよ」

「嫌なら、別にいいんだ」

「変なやつだな。耳たぶの裏ぐらいいつでも見せてやるよ。俺の後ろに回ってみろよ」

尊は陽太の後方に回り込んで、目を瞠った。

陽太の左側の耳たぶにはくっきりと刻まれた黒子があるではないか。

「左側の耳たぶ黒子があるだろう？」

「……ああ。あるな」

「でも、耳の裏側っていうのが、残念なところなんだよ。これが表側だったら。ピアスみたいでカッコいいんだけどな」

「……そうだな」

尊は上の空で言葉を返した。

急な展開に、気持ちがついていかない。

藤本先生と陽太が親子。

その事実を知っているのは、おそらく自分だけ。

陽太に伝えるべきか。

いや、そんな重大なことを軽々しく口にできるわけがない。

ましてや、二人は今、二年A組の担任と生徒という関係であり、陸上部の顧問と部員という関係でもある。

双方、あるいはどちらか一方でも、互いが血縁者であるということを知ってしまったら、今まで通りの振る舞いができるものではないだろう。

だから、言うべきではない。

でも、自分がこのことを隠し続けていたら、藤本先生も陽太も事実を知らないまま生きていくことになるのだ。

それはそれで罪深いことのように思えてくる。

もしも伝えるとしたら、二人に距離ができる高校卒業後だ。

高校を卒業してから、タイミングをみて伝えよう。

それがいい。

それしかない。

「で、どうして急に俺の耳たぶの裏なんか見たいって言い出したんだよ？」

陽太が訝しそうに訊く。

尊は陽太の横に並び、

「なんとなく気になったんだ」

平静を装いながら言った。

「俺の耳たぶの裏のことが？」

「そうだよ」

「なんだよ、それ。変なやつだな」

陽太は笑いながら、社の前に歩を進めた。

尊もそれに続く。

清らかな水音に包まれながら、社に向かって静かに手を合わせる。

短い祈りの後、

「おい、尊、見てみろよ」

ふいに、陽太が声をかける。

陽太の視線の先には、二匹の羽黒蜻蛉が舞っていた。

羽黒蜻蛉たちは玉垣の上を、戯れるように飛んでいる。

「神様蜻蛉だな」

尊の言葉に、

「神様蜻蛉だ」

陽太が同調する。

「よく俺たちの前に現れるな」

「そうだな」

「神様蜻蛉が現れると、必ず何かが起こる」

「例えば？」

「子どもの頃、初め見た後には、涼がいなくなった。今年の誕生日に川原で見た後には、涼がいなくなった日の記憶が戻った」

「その法則に則ると、今日も何かが起こるかもしれないな」

「もう、起こっただろ。陽太の記憶が戻った」

「あれは、夕べのことだ」

「そうだったな」

二匹の羽黒蜻蛉は優雅に宙を舞いながら森の中に消えて行く。

「そういえば、羽黒蜻蛉を見たときには、いつも龍神様が現れる」

尊の言葉に、

「確かに」

隣で陽太がうなずく。

「涼がいなくなっときにも、陽太と河原にいたときにも、そして、さっき宇治橋を渡ったときにも龍神様が現れた」

「それにしても、羽黒蜻蛉と龍神様の話を和さんにしたら、きっと面白い小説が書けるだろうな」

陽太が歩き出す。

「そうだろうけど、これは俺と陽太の間の話ってことで充分さ」

「まあな」

杜の中の細い道を抜け、再び参道へ出る。

ゆっくりと玉砂利を踏みしめて、神域に入って二つ目の鳥居をくぐる。

御札授与所、そして神楽殿を左手に見ながら進むと、参道の脇に拡がる杜は一層深くなる。

「いよいよ御正宮だ」

上へと続く石段の前で、陽太が言った。

尊は石段の先にある素木造りの鳥居を見上げた。

鳥居の杜の下半分が板垣に接しているところは、豊受大神宮と同じだ。鳥居の奥には、やはり、茅葺屋根の建物があり、その真ん中に白い御幌が下りている。

御幌の前では、濃紺のスーツ姿の男性と藤色のワンピース姿の女性が手を合わせていた。どちらも、白髪《はくはつ》である。おそらく、長い年月をともに歩んできたからなのであろう。二人の背中から放たれる揺るぎない調和に、尊は見惚《みと》れた。

陽太は会釈をして、石段を登り始めた。

尊は石段を踏みしめながら、朝の光に照らされた樹々を見渡した。

石段を登りきると、素木造りの鳥居が迎えてくれる。

尊と陽太はつま先を揃えて、御幌の前に立った。

呼吸《いき》を整えて二拝をし、二回柏手を打つ。

重なった二つの柏手が、天に木霊《こだま》するかのように響き渡る。

その瞬間、白い御幌が前方からの風をはらみ、ゆるやかに膨《ふく》らんだ。

風は二人の少年たちをやさしく包み込み、後方へと流れていく。

これまで感じたことのないほどの深い幸福感がこみ上げてきて、尊は閉じていた目をそっと開いた。

高く翻る御幌の向こう側には、玉砂利が敷き詰められた空間が拡がっている。

中央には素木造りの鳥居。その奥には扉のある茅葺屋根の建物が見える。

その光景は、外宮を参拝したときに目にしたものとよく似ていた。

尊は再び目を閉じて、深く一拝をした。

「ありがとうございます」

思いがけずこぼれた言葉が、陽太と重なった。

尊と陽太は目を合わせて小さくうなずき、石段の脇にある下り坂を歩いた。

「神の息吹だな」

参道を歩きながら、陽太が言った。

「さっきの風か？」

「そうだ」

「とてもやさしい風だったな。あたたかい何かに包まれているみたいだった」

「俺もそう感じたよ」

陽太は大きく両手を伸ばして、

「今朝は、いい朝だ」

天を仰いだ。

「ここから五十鈴公園の競技場まで勝負だ。御幸道路を抜けて、宇治浦田町の交差点で右折。そのまま五十鈴公園に入って、競技場の正面入り口に先にタッチした方が勝ちだからな」

　参拝を終えて内宮の入り口に戻るなり、陽太が宣言した。

「なんで勝負なんだよ？」

「普通に走るよりおもしろいからに決まってるだろう」

「まあな」

「負けた方が、今日一日、勝った方の言いなりってのはどうだ？」

「そんなこと言っていいのかよ？　今日一日、俺のために尽くして終わるぞ」

　尊の軽口に、

「すごい自信じゃないか。いつもの性格《キャラ》が崩壊してるぞ」

　陽太が笑う。

「ということは、勝負するってことで異存はないな？」

「おう」

「俺にしっかりついてこいよ」

「よく言うわ。長距離ならお前には負けん」

「俺を短距離だけの男だと思うなよ」

「ずいぶん自信ありげじゃないか」

「自信があるから言ってんだよ。こっちに来てから、朝晩二回、一日も欠かすことなく十キロ近い距離を走ってたら、結構な記録《タイム》で走れるようになっちまったんだ。俺の実力をよく見とけよ」

「俺の方が前を走るから、お前のその実力とやらを見ることはできないな」

「そんなこと言っていられるのは今のうちだけさ」

陽太は不敵な笑みを浮かべて、

「準備はいいか？」

尊を見た。

「万端《ばんたん》だ」

「いくぞ」

「いいぞ」

「レディ、ゴー！」

陽太の掛け声を合図に走り出す。

走り出すなり、陽太が一気にスピードを上げる。

さすが陸上部のホープだ。スタートダッシュが猛烈に速い。

尊もエンジンを全開にして陽太の背中を追いかけた。

瞬発力では陽太にはかなわないが、持久力なら負けない。公園内にある競技場までの正確な距離はわからないが、たぶん三千メートル弱はあるだろう。いずれ逆転できるはずだ。

これは部内戦でもなければ体育祭のレースでもない。

ましてや、公式の試合でもない。

今、自分は早朝の道で、戯れに陽太と脚力を競っているだけ。

頭ではそれがわかっていたが、尊にはなぜかこのレースがかけがえのない特別なものに思えた。

だから、手を抜くことなどできはしない。

尊は煉瓦が敷きつめられた歩道を力強く蹴った。

予想通り、宇治浦田町の交差点手前で陽太を捕らえた。

「お先に」

陽太の背中を軽く叩いて抜き去る。

「すぐに抜き返すからな」

陽太が笑顔を見せた。

ふと前方に目をやると、左手にある猿田彦神社方面から横断歩道を横切ってくるランナーが見えた。

若い男。

尊はその後ろ姿を追う形で、交差点を右折した。

前を行くランナーのライムグリーンのTシャツが街の景色に映える。

紺青のハーフパンツから伸びた足が軽やかに歩道を蹴り、テンポよくストライドを刻む。

どこにも無駄な力が入っていない完璧なフォーム。

それに、速い。

懸命に走っているのに、追いつくことができない。

彼は尊や陽太と申し合わせてでもいるかのように、浦田橋を駆け抜け、五十鈴公園に入って行った。

後を追う尊もすぐに、凛と澄んだ早朝の公園へと足を踏み入れた。

とたんに、熊蝉の鳴く声が鼓膜をくすぐる。

樹々の枝々から送られてくるやさしい風が、汗ばんだ素肌に心地よい。

前方の青空を一筋の飛行機雲がぐんぐん伸びていく。

「この光景は」

尊は小声でつぶやいた。

「夏休みの初めに見たあの夢……」

先行するランナーは躍動感あふれる走りで、軽やかにストライドを刻む。

後方からは陽太の足音が迫る。

急に視界が開け、目の前に池が現れた。

池には緩やかに湾曲した細い橋が架かっている。

その先には競技場が見える。

彼はすでに橋を渡り終えようとしていた。

勝負をしている相手は前を行く若い男ではなく、陽太であるにもかかわらず、その後ろ姿に気がはやった。

不要な焦りが体をこわばらせる。

尊は池にかかる細い橋に足を踏み入れた瞬間に、体のバランスを崩して転倒してしまった。

それにつられて、すぐ後方にいた陽太が、尊の背中に覆いかぶさるように転倒した。

すると、前を走っていた男が足を止めて振り返り、小走りでこちらに近づいてきた。

「大丈夫か？」

手をさしのべる。

「大丈夫です」

尊はその手をしっかりと掴んだ。

その刹那、見覚えのある翠色の光が視界を覆った。

次の瞬間、その光は夜空で弾ける打ち上げ花火のような儚さで、尊の視界から消えた。

身体中の細胞一つひとつが炎を宿したかのように、全身が熱を帯びている。

「この光は……夢の中と同じ光」

彼の唇から言葉がこぼれた。

「……悠平？」

陽太が声をかけると、神森悠平は小さくうなずいて、眩しそうに目を細めた。

次の瞬間、彼の目からひと滴の涙がこぼれ落ちた。

「人の命の始まりは光る。お前たちの命の始まりも、きっときれいな光に包まれたんだぞ」

幼い日、陽だまりの縁側で微睡《まどろみ》ながら聴いた父の言葉が、尊の脳裡に鮮やかに蘇った。

冬の朝

「ここは特等席だな」

清彦は朝の陽光に温められた縁側に座って、茶の間のテレビ画面を見つめていた。

大型の画面いっぱいに八人のランナーが映し出される。どのランナーも所属する大学名が刺繍された襷《たすき》をかけている。

沿道ではあふれんばかりの人々が、小旗を振って大声で声援を送っていた。

「まさか、こんな日が来るとはねぇ」

声に出しても、返事をする者はいない。

清彦以外の家族はみな箱根駅伝の現場にいる。

大学一年生の尊と涼は同じチームの選手として箱根路を走り、在悟と椛、彩と高空、そして、昨夜から合流した和は二人の応援部隊だ。

一家総出で盛り上がる中、清彦だけが留守番に甘んじている。

年末に友人たちと出かけたゴルフ場の風呂場で転倒し、右の足首を骨折してしまったからである。

「あのとき、あんなに飲まなければ今頃は……」

悔やんでも悔やみきれない。

あの日、これまで経験したことのない神がかり的なスコアでラウンドから上がったのだ。

あまりの嬉しさに、おおいに浮かれたのが災いのもと。

クラブハウスに戻って、仲間に勧められるがまま生ビールをジョッキ三杯もあおった浅はかさが身に染みる。酒に弱い自分にとっては、致死量といえるほどのアルコールが回った状態で、湯船につかった。そこまでは、まだよかったのだが、湯船から上がってすぐ、何も障害物がないところで盛大に転倒するという失態。

彩にも「ゴルフのプレー中じゃなく、お風呂場で骨折するなんて、さすがお父さん」などと茶化されたが、返す言葉がなかった。

硝子窓越しに届く冬の陽ざしがやさしい。

心地よさにまかせて、清彦はそっと目を閉じた。

「それにしても、尊が涼を連れて帰ってきたときは驚いた」

言葉にしただけで、その日の光景がありありと浮かぶ。

尊がまだ高校二年生だった年の九月二日。仕事から帰ると茶の間で家族がお茶を飲んでいた。卓袱台《テーブル》の上に置かれた大皿には、尊の伊勢土産であろう赤福餅が盛られていた。

「お、美味そうだね」

手を伸ばそうとしたとき、尊の隣に座る見慣れぬ青年と目が合った。

およそ十二年ぶりの再会だったにもかかわらず、彼が涼であることが瞬時にわかったのが、今でも不思議でならない。

「涼だよ」

尊の言葉に、

「ああ、涼だな」

答えたときには、もう泣いていた。

とめどなくあふれる涙に自分でも驚いた。俺はこんなにも涼の帰りを待ちわびていたのかと改めて実感したものだ。

「今は神森悠平という名前で、伊勢に暮らしているんだ」

という一言を皮切りに、尊からこれまでの経緯《いきさつ》を訊いた。

ゴールデンウィーク明けの部活練習に、涼がふらりと立ち寄ったこと。

その後、外宮で再会したこと。

帰宅日の前日、陽太とのランニング中に、走っている涼とばったり出逢ったこと。

五十鈴公園内にある橋の上で尊が転倒したとき、前を走っていた涼が助け起こそうと手を伸ばしたこと。

二人の手が繋がった瞬間に、互いに翠色の光が見えたということ……。

「そのときに」

それまで黙っていた涼が、初めて口を開いたのだ。

「すべての記憶が蘇ったんです。ずっと目の前を覆っていた厚い雲が一気に晴れ渡るように」

そのときの涼の顔が、目に焼き付いて離れない。

なんとも清々しく、神々しい表情だった。

幼い頃に知らない街に身を置かれ、家族の温もりも知らぬままにここまで生き抜いてくるには、どれほどの淋しさや悲しみに耐えたのだろう。それを思うと愛しさがこみ上げてきて、また、涙がこぼれ落ちた。

その状況のすべてを予《あらかじ》め夢で見ていたと気づいたのは、夜中に一人で湯船につかっているときだった。

あのときの彼の帰宅はほんの数日だけのものだったが、転校も含めたいくつかの手続きを経て、数ヵ月後には天堂涼としてここに帰ってきたのだ。

「ああ、幸せだなぁ」

清彦は微睡の淵をゆるやかに漂いながらつぶやいた。

「天堂尊、先頭集団を振り切って前へ出ました。速い。他の選手の追随を許さない圧倒的な加速力です」

テレビから大音量で流れてくる声が、やわらかな微睡を揺り動かす。

清彦はゆっくりと目を開いて、姿勢を正した。

硝子窓に背をつけてテレビの画面を視界に包み込む。

「おっ、陽太くんじゃないか」

数多《あまた》いる観客の中に陽太を見つけて、清彦は声を上げた。

陽太の右隣には両親や祖父母、妹が肩を並べている。

左隣には藤本先生の姿。

屈託のない笑顔で陽太と談笑している。


「この選手が高校時代に無名だったとは、誰も信じないでしょう。天堂尊、速い。すでに二十キロ近い距離を走ってきたとは思えない力強い走りで、後続をどんどん引き離していきます」


尊の顔が画面に大きく映し出される。

「涼しい顔をしている。我が子ながらさすがだな」

清彦はテレビ画面に向かって、

「よし、いいぞ、尊。ファイト、ファイト！」

大声で声援を送った。

「天堂尊、二区の鶴見中継所に向かって、スパートをかけています。鶴見中継所には、双子の兄、天堂涼が待っています。天堂涼は昨年の日本インカレで一万メートルの覇者になりました。この選手もまた、高校時代は無名だったのです。陸上部には所属せずに、一人で黙々とトレーニングを積んでいたと聞いています。取材をしたときには『走ることが好きで好きでたまらないんです』と目を輝かせていました」

「がんばれ、尊。もう少しだぞ。涼が待ってる」

清彦の両手に汗が滲む。

「天堂尊、その視界に、兄の天堂涼を捉えました。ゆっくりと襷を外します。一歩一歩踏みしめるように兄に向かって軽快にストライドを刻んでいきます。このままいけば区間賞は間違いありません。天堂尊、一年生。鮮烈な箱根デビューです」

白熱したアナウンスが茶の間に響き渡る。

清彦は息をするのも忘れて、画面に見入った。

「今、紺碧の襷が弟、尊から、兄、涼へと渡りました。天堂涼選手、一瞬眩しそうに目を細めたあと、弟に向けて軽く右手を上げ、颯爽《さっそう》と走り出しました」

「頼んだぞ、涼！」

「まかしとけ！」

襷が手渡されたその瞬間、息子たちの声が臨場感をもって清彦の耳に響いた。

まるで、魂だけがその場に飛んで行ったかのように。

「天堂涼、軽快な走り。弟から託された襷を背負って、新春の陽光が照らす道に一歩一歩、生命《いのち》の刻印を刻んでいきます」

あとがき

何事の　おはしますかは　知らねども　かたじけなさに　涙こぼるる

伊勢神宮を参拝した折に、西行法師が詠んだ歌です。

この歌が詠まれたのは平安時代末期のことでした。西行法師は、伊勢神宮の神域に満ちる目に見えぬ高い波動に心を打たれるとともに、そのありがたさが胸に沁みて自然に涙がこぼれたのだといいます。

十数年前、初めてこの歌に出逢ったとき、まだ見ぬ伊勢神宮の神聖な空気に包まれているような安らかさと清々しさに包まれたことを覚えています。

いつか自分も彼《か》の地に行ってみたい……。そのとき芽生えた思いが実現したのは、今から三年前、二〇一七年の四月下旬のことです。

当時、私は呼吸器を患い中学校教諭の仕事から離れ、自宅療養をしていました。

微熱が続き、倦怠感が抜けないだけでなく、少しでも体に負担をかけると喀血をしてしまうという状態で、復職への望みも持てず、生きる気力さえ失いかけていたのです。

そんなときに、同じく体調を崩して休職をしている友人から、伊勢神宮に行くという話を聞きました。伊勢神宮の宮域の森に、植樹をするために出向くのだと言います。

伊勢の地と聞いて、ふいに、いつか目にした西行法師の歌が心に浮かび、思わず「私も行ってみたいな」という言葉がこぼれました。

聞き逃されても仕方のないほど、小さなささやきでした。しかし、彼女はその言葉をしっかりと受け止めてくれたのです。「一緒に行きましょうよ」の言葉とともに、すぐに自分が宿泊することになっていた宿に問い合わせ、私も一緒に宿泊できるように手配をしてくれました。

自分が伊勢神宮を詣でる。日本で最も尊いとされる神域にこの身を置くことができる。そう思うだけで、胸が震えました。と、同時に、休職中に遠方に出向いてよいものかという罪の意識や体調に対する不安が膨らみました。実際、出発の四日前にも、喀血があり、決して万全とはいえないコンディションでした。

それでも、私は自宅を後にして、彼女とともに東京駅から新幹線に乗り込みました。伊勢神宮を参拝することは自分にとって心身の治療になるという思いとともに、今後の人生を変える大きな転機になるという予感があったからです。

初めての伊勢旅では、伊勢市にある豊受大神宮（外宮）と皇大神宮（内宮）、そして志摩市にある伊雑宮《いざわのみや》を参拝しました。それぞれの神域に満ちる清々しく、慈愛に満ちた空気は別格でした。

西行法師が詠んだように、そこには、確かに、目には見えない何かがいらっしゃって、その清らかなエネルギーで我々のすべてを許し、いたわり、守ってくださっている。それを肌で感じることができました。

伊勢神宮の高いエネルギーによる浄化作用の賜物か、帰宅して数日後、高熱を出し、およそ二週間入院をすることになりました。入院中は会話もままならないほどの激しい咳に苦しみました。一生分の咳をし尽くしたのではないかというほどでした。

しかし、その入院を機に、体が変わったのです。まず、喀血をすることがなくなりました。微熱も落ち着き、倦怠感もなくなりました。

それに伴って、心も変わりました。それまでは、自身に起こっている出来事を不運と捉え、嘆き、悲しみ、諦め、沈みがちだった気持ちが前を向きました。どんな状況に置かれても、心のおきどころ一つで、見える世界が変わる。希望は必ず見い出すことができる。そう思えるようになりました。

そして、伊勢神宮を参拝してから、およそ半年後に教職に復帰することができたのです。あれから三年が経ちましたが、今でも生徒たちとともに、前を向いて、元気に過ごすことができています。

初めて伊勢神宮を訪れてから今日までに、すでに二十回近く伊勢の神域を訪れています。その間、多くの神社仏閣を参拝してきましたが、私にとって、伊勢神宮はやはり、別格です。

伊勢の地を舞台にした物語を書きたい。

人智を超えたエネルギーが人を導き、幸せへといざなう物語を紡ぎたい。

いつしか、そんな思いを抱くようになりました。

物語のきっかけとなったのは、勤務する中学校に助産師さんを招いての「いのちの授業」でした。

そこで助産師さんがおっしゃった「人は受精の瞬間に光を放つ」という言葉。それこそがこの物語の核となったのです。

「人の命の始まりは光る」

冒頭の一行を記したのは二年前のこと。よく晴れた初夏の朝でした。

それからは、毎朝、出勤前の三十分間を執筆に当てる生活が始まりました。土日や夏休みなどの長期休業中にはじっくり取り組み、およそ一年間をかけてゴールにたどり着くことができました。

執筆している間、私は伊勢神宮の澄んだ空気や杜の薫り、五十鈴川の水音、風の息吹き、鳥たちの囀りとともに呼吸をしていました。執筆に疲れて、目を閉じると、神域に満ちる高い波動を感じることもできました。

誰もいない部屋でパソコンに向かいながら、私が願っていたことはただ一つ。

世の中へのささやかな貢献でした。自分を介して生まれてくる物語が、それを読む人を癒し、心に灯りをともす。ほんの束の間でも現実の喧騒を忘れ、心身の調和を取り戻す。まだ見ぬ誰かにそんな形で寄り添えたら……。そのような思いを抱きながら物語を紡いでいる日々は、とても幸せな時間でした。

三年前に友人とともに出かけた伊勢の旅が、今こうして一つの実りを迎えたと思うと感慨深いものがあります。あのとき「私も行ってみたいな」というつぶやきがなければ、そのつぶやきを受け止めてくれた友人のやさしさがなければ、この小説は生まれていなかったでしょう。

何が人生を変えるきっかけになるかわからないものです。

今こうして振り返ってみると、私にとって「書く」ことは、禊《みそぎ》であり、祓《はら》いであるとともに、伊勢神宮への感謝そのものであったような気がしています。

出版にあたり、拙い原稿に目を留めてくださった板原安秀様、ともにこの物語を育ててくださった山内栞里様に心より感謝を申し上げます。また、校閲や印刷、流通等、本作品の出版に関わってくださったすべての皆様方に、この場をお借りして厚くお礼を申し上げます。

この本を手に取ってくださった皆様方が心身ともに健やかで、歓びに満ちた毎日を過ごされることを願っています。

令和二年十月吉日　　　小室初江

《参考文献》
『図解　伊勢神宮』編・著　神宮司庁（小学館）
『伊勢神宮の智恵』文・河合真如　写真・宮澤正明（小学館）
『伊勢二千年ものがたり　お伊勢さんと伊勢のまち神宮鎮座から現代まで』著　伊勢志摩編集室（伊勢文化舎）

著者紹介
小室初江（こむろ　はつえ）

1967年埼玉県生まれ。

学習院女子短期大学人文学科卒業。

接客業務を中心とするいくつかの職業を経て、2010年に埼玉県公立中学校国語科の教諭となる。体調を崩して教職を休職していた折、生きることに迷い、占術を学ぶ。「易経」を友として学びを深め、日本易学協会認定師範１級鑑定士を取得。その後、日本易学協会認定気学実践鑑定士資格を取得する。

著書『夏神』

夏《なつ》の滴《しずく》

2021年3月3日　第1刷発行

著　者　小室初江
発行人　久保田貴幸

発行元　株式会社 幻冬舎メディアコンサルティング
〒151-0051　東京都渋谷区千駄ヶ谷4-9-7
電話　03-5411-6440（編集）

発売元　株式会社 幻冬舎
〒151-0051　東京都渋谷区千駄ヶ谷4-9-7
電話　03-5411-6222（営業）

印刷・製本　中央精版印刷株式会社
装　丁　森谷真琴

検印廃止

Printed in Japan
ISBN 978-4-344-93370-5 C0093
幻冬舎メディアコンサルティング HP
http://www.gentosha-mc.com/